DÖRLEMANN

Friederike Kretzen

Bild vom Bild vom großen Mond

Roman einer Reise

DÖRLEMANN

Die Autorin dankt der Landis & Gyr Stiftung und dem Fachausschuss Literatur BS / BL für ihre großzügige Unterstützung der Arbeit an diesem Buch. Der Verlag bedankt sich ebenfalls.

Fachausschuss Literatur

Kanton Basel-Stadt
Kultur

BASEL LANDSCHAFT
AMT FÜR KULTUR

Dieses Buch ist auch als Dörlemann eBook erhältlich.
eBook ISBN 978-3-03820-911-9

Umschlaggestaltung: Mike Bierwolf unter Verwendung eines Fotos von Friederike Kretzen
Satz: Dörlemann Satz, Lemförde
Druck und Bindung: CPI – Clausen & Bosse, Leck
ISBN 978-3-03820-114-4
www.doerlemann.com

Als ich Kind war, reiste ich auf den Mond
und kam nicht mehr wieder.
Seitdem träume ich von der Erde
und meine mich.

I

Saturn, Venus, Mars

Habe ich Persien gesehen oder einen Film von Kiarostami? In dem ein Kind vor sich hin träumt und in sein Heft schreibt: Eines Tages werde ich aufbrechen und in ein Land reisen, in dem es Filme gibt, die von Kindern handeln, die auf dem Mond von der Erde träumen. In der Nacht schlafen sie neben der Katze.

Was in Träumen vorkommt, existiert, und ich treffe am Abend, es ist schon dunkel, in Isfahan, in einer kleinen Gasse am Ausgang des großen Platzes, ein Kind im Café seiner Eltern. Es sitzt am Tisch, allein, die Gäste bleiben aus, über ihm brennt die Lampe. Unterwegs im Meer der Wörter, gestrandet am Ufer der Zeit schreibt es von einem Kind, das durch einen Film rennt. Es sucht das nächste Dorf, das Haus seines Freunds. Eilt hin und her durch die hohe, weite Steppe. Will ihm sein Heft zurückgeben, in das es die

Geschichte von einer Reise durch einen Film geschrieben hat, der wie das Land ist, in dem die stacheligen Büsche der Berberitzen, die dünnen Wasserläufe, die Biegungen der Wege und Straßen, die Skorpione und Schlangen sprechen. Die Bewohner des Lands, wenn sie gefragt werden, wer ihre Dörfer gebaut hat, sagen: Ihre Ahnen.

Und mir fällt der Film einer anderen Reise ein. Zwei Männer an der Grenze eines leeren Lands, sie fahren von Kino zu Kino, verlieren nicht viele Worte. Suchen sich, ihre Geschichte, irgendwas, das ihnen sagt, dass es sie gegeben hat. Bevor sie wieder auseinandergehen, trinken sie zu viel Whisky, schlagen sich. Am nächsten Morgen sitzt an einer Bahnstation, die wie im wilden Westen aussieht, ein Kind in der Sonne. Das schreibt in sein Schulheft, was es sieht: Mann, Sonnenbrille, Koffer. Der Mann fragt das Kind, ob sie tauschen könnten? Heft gegen Sonnenbrille und Koffer. Das Kind lächelt. Der Tausch ist besiegelt. Nun kann es losfahren.

Alles muss anders werden, schreibt der Mann in das Heft des Kinds. Und ich füge hinzu: Vom Anfang des Reisens schreibe ich, und an den Anfang des Schreibens reise ich. Und ich schreibe vom Reiseschreiben in Begleitung träumender

Kinder auf dem Mond. Hingesunken über ihre Hefte, in die ihnen ihre Mütter die Sterne gemalt haben. Auch Saturn, Mars, Venus. So dass sie sich auf ihrer Reise übers große Meer orientieren können und nicht verloren gehen.

2

Kino

Ich erinnere mich, dass wir ein paar Kinder waren.

Laufen zwischen Leintüchern, die sich im Wind bewegen, schaukelnde Segel, die an der Wäscheleine hängen. Mit erhobenen Händen werfen wir uns gegen die Tücher, strecken uns ihnen entgegen. Wogen aus Leinen, von denen wir uns über die kleinen Körper streichen lassen. Tuch um Tuch sinken wir hinein, die Augen geschlossen, den Kopf im Nacken. Wir können nicht genug bekommen. Wieder und wieder werfen wir uns gegen die nachgiebigen Wände, als wären wir schwankende Bilder aus Licht und Schatten, die schneller laufen, als sie versinken können. Laterna magica der kleinen Körper, machen uns unser leibhaftiges Kino vor. In unseren Herzen stürmen die Steppen, die Wüsten, donnert der Hufschlag Blut schwitzender Pferde. Körper und Schatten wie flatternde Fahnen und wir flüstern im Wind, im Aufruhr zwischen den Tüchern: Gib uns ein Morgenlicht!

Dann hält alles an. Sturm und Angst und Wüste legen sich uns zu Füßen. Wir stehen im Hof unserer Großmutter, sehen hinauf zum Osten, gleich hinter dem Bayerwerk mit dem brennenden Kreuz. Unter dem sind wir zur Welt gebracht worden. In der großen Zeit nach der Zerstörung, das deutsche Wirtschaftswunder lodert aus Kaminen, verdüstert den Himmel, vergiftet noch den kleinsten aller Flüsse.

Wie alle Kinder wissen wir, als wir Kinder sind, nicht, dass wir Kinder sind. Was wir tun, tun wir ganz. Wir sind Wind, Schwerkraft, Vorstellung. Wir folgen den Eingebungen. Wir leben von dem, was in der Luft liegt. Wie der Nachmittag, der sich neigt. Gleich wird die Tante auf ihrem rot und gelb gestrichenen Fahrrad aus dem Bayerwerk kommen. Fünf Uhr. Wir haben die Sirene gehört. Das große Tor des Pförtner Vier mit den Löwen auf ihren Posten, einer links, einer rechts wie im Zirkus. Zwischen ihnen drängen Schwärme von Menschen hervor, verlassen Maschinen, Labore, Kessel, Dunkelabteilungen für die Filmentwicklung. Taumelnde Masse, als käme sie aus einer anderen Beschaffenheit, aus der Zone der Übergänge, dem Gebiet der Verwandlungen. Und jede und jeder muss sich erst wieder, kaum durchs Tor getreten, zurückbesinnen auf eine menschliche Gestalt, da war doch was, ein Körper, ein Kopf, wo kommen die her, wo waren die denn? Die Kleider geraderücken, die Kostüme, hoffentlich nicht aus Versehen vertauscht. Ob sie noch erkennbar sind, irgendwas an ihnen, was Vertrauen weckt? So, wie sie aus der Fabrik kommen? Die ihre Wolken in den Himmel steigen lässt, Tag und Nacht. Manchmal brennt der Himmel, manchmal lösen sich die Nylonstrümpfe an den Beinen der Frauen auf, manchmal haben Autos große rostige Löcher im Lack, und der Rhein ist blau, gelb und rot gestreift. Voller Zweifel setzen sie sich auf ihr Werksfahrrad. Da ist eine Nummer dran, es weiß Bescheid. Kennt den Weg zurück, von wo sie am Morgen, vor der Schicht gekommen sind, wie im Schlaf. Langsam kehren sie zurück, treten die Pedalen, fester, schneller, lösen sich aus dem Pulk der Heimkehrer. Während ihre Kinder Ausschau halten, sie erwarten wie wir.

Wo bleibt unsere Tante? Die mit der gelben Mütze? Der Wind hat sich gelegt, liegt hinter den weiß blühenden Büschen des kleinen Gartens neben dem Tor. Müdigkeit ist eingekehrt, macht die Zeit nachgiebig, an die wir uns schmiegen. Untätig, nein, wir warten. Schauen die Schießbergstraße hinauf, die leichte Erhebung am Ende der Straße, die Kurve, dahinter versteckt der Pförtner mit den Löwen und Bäumen, dem großen Kiosk. Die ersten Fahrräder tauchen am Horizont auf, kommen näher.

Da, die Tante, ihre Mütze, wie die eines Kapitäns. Immer näher, wir halten die Hand über die Augen, schauen aufs Meer hinaus. Schon ist sie nah, kommt an Land. Gerettet. Der Tag wird weitergehen, sie wird uns versammeln, und mit uns all unsere Bildchen, Schatten, Vorstellungen, die wir den Tüchern übergeben haben, den sanften Wellen des Nachmittags. Wovon sie nichts erfährt und später die Tücher abhängen, falten, in die Schränke räumen wird. In denen die Abdrücke unserer Körper zurückbleiben, der Atem der leichten Matrosen.

Sie biegt ins Tor ein. Ungleich viel kleiner als das der Fabrik, über dem früher noch ein steinerner Pferdekopf hing, in den letzten Tagen des Kriegs weggeschossen. Wir stürzen uns auf sie, hängen an ihren Armen, bringen sie beinahe zum Umfallen.

Hey, Kinder, langsam, ruft sie, steigt ab, streicht uns über den Kopf, das Haar, stellt das Rad ab. Wir folgen ihr in die Küche, wo die Großmutter sitzt, mit heißem Kaffee wartet. Hier rundet sich der Tag, beugt sich weiter seinem Anfang entgegen, um zu enden. Schon nimmt das Licht ab, wird dichter. Ein anderes Licht breitet sich aus, das aus dem Keller kommt, aus dem Nichts, dem nahen Rhein. Wir setzen uns um den Tisch in der Mitte des Raums, das Wachstuch darauf, dünne Rosengirlanden, die Schnitte im Tuch. So oft mit dem Finger nachgefahren. Den Kopf auf dem Tisch und mir vorgestellt, dort, wo der Finger sich auf der Holzfläche bewegt, bin ich weit fort, in einem anderen Land unterwegs, und begleite mich von fern her.

Die Tante holt das Brot aus dem Schrank. Der manchmal unser Schiff wird, wenn sich die Großmutter nach dem Mittagessen zum Schlafen in ihr Zimmer zurückzieht. Dann lauschen wir. Stellen uns vor, wie sie ihren Zopf löst, sich ins Bett legt, hören es knarren. Neben ihr auf der Kommode reihen sich die Flaschen mit aufgesetztem Feuerwasser. Beleuchten ihren Schlaf. Das dunkle Rot der Schwarzen Johannisbeeren, altes Licht des Sommers, wie es langsam hochsteigt, die klare Flüssigkeit trübt. Allein vom Ansehen macht es uns trunken. Sobald wir ihren Atem, ein leichtes Schnarchen hören können, öffnen wir die Schranktüren, zwängen uns in das tiefe, untere Fach, kauern neben einem Steinguttopf, in dem der für den Sonntag eingelegte Sauerbraten liegt. Sein blasses, grobfaseriges Fleisch, die Piment- und Pfefferkörner, die auf der Essiglake schwimmen. Wie Bojen, an die wir uns auf unserer nachmittäglichen Fahrt in geheimer Mission der Kinder orientieren. Da bleiben wir, bis wir an Armen, Beinen und Schultern aus dem Schiffsbug gezogen werden. Dass ihr mir den Topf nicht umwerft, sagt Großmutter. Sie ist erwacht, aufgestanden, wir haben nichts gehört. Sie will Kaffee kochen, bald wird die Tante kommen, und was haben die Kinder wieder in ihrem Schrank zu suchen.

Die Tante verteilt die schmalen Brettchen vor uns, die die Farbe des Brots haben, ein Glas mit Quittengelee steht auf dem Tisch, Kaffee, Kakao für die Kinder. Kein Abendbrot, nur ein bisschen Ausruhen, ein paar Bissen vom süßen Brot an der Biegung des Tages, die Stunde des Aufschubs und der Trauer über das schwindende Licht. Versammlung der Stämme und Herden, erstes Innehalten vor dem der Nacht, kaum merklicher Wechsel des Modus. Da sitzen wir in der Küche der Großmutter, die jeder Weltlage standhält, teilen uns in die Wörter, schneiden die Brotschnitten in kleine Stücke, der hellgelbe Gelee auf der dünnen Schicht Butter. Wir beschwören die Stunde der Rückkehr, unseren Aufenthalt, und denken, ganz leicht, wie beiläufig, während wir über den Tisch schauen, zum Herd, zur Türe, an die Decke, und innerlich von Ton zu Ton wechseln, von Wort zu Wort, an die Abwesenden.

3

Reise zum Mond

Wir, das sind mein Cousin Berthold, den wir Beddy nennen, ein halbes Jahr jünger als ich. Und seine Schwester Isabella, zwei Jahre älter, die Bella heißt. Mit ihnen reise ich das erste Mal in meinem Leben nach Persien, Gebiet innerer Anschauung, das weit über uns hinaus bis zum Mond reicht. Wohin wir uns während einer Kindervorstellung von *Peterchens Mondfahrt* aufmachen.

Das Jahr ist 1960, ein Tag vor Weihnachten, an dem wir nicht von dieser Welt sind. Unsere Großmutter sagt: Macht, dass ihr wegkommt. Unsere Mütter sagen das Gleiche. Sie wollen uns aus den Füßen haben. In Ruhe kochen, den Weihnachtsbaum schmücken, Geschenke einpacken, alles in Ordnung bringen, endlich mal die Kinder, ihre Unruhe los sein. Auch diesmal ist es unsere Tante, die uns da rausholt. Weder Mutter noch Ehefrau, fürchtet sich nicht, klagt nicht, macht keine Vorwürfe, hält uns die Stange. Auf sie ist Verlass. Kommt, sagt sie an diesem Tag der Vertreibung, wir gehen in die Rheinterrassen. Ich habe Karten für die Weihnachtsvorstellung.

Wir ziehen unsere Helme aus Wolle mit Bommeln an, laufen ihr voraus, dem Rhein zu, die Strecke, die wir gut kennen, täglich gehen, um Milch zu holen oder wenn wir die Fähre nehmen dürfen. Unterwegs ein Büdchen, kaufen für ein paar Pfennige süße Waffeln mit rosa und weißem Schaum dazwischen, den wir Wolke nennen. Unsere erste Astronautennahrung.

Später Nachmittag, der kürzeste der Tage, die Raunächte sind da. Ziehen zwischen Fluss und Fabrik durch die alten Straßen am Rhein. Die kleine und die große Kirchstraße rauf, die Niederfeldstraße runter, ihr kalter, harter Atem. Wir fliegen den Rheinterrassen zu, schon seit Tagen aufgeregt. Adventszeit, die Lichter von Sonntag zu Sonntag eines mehr. Dazu die Türchen des Kalenders, morgen das letzte, das große in der Mitte, vorher noch einmal schlafen. Nun sind wir da, die Rheinterrassen, vor vielen Jahren ein lichtdurchströmtes Ausflugslokal. Direkt am Rhein, der einmal blau war. Nicht grau, nicht rot oder gelb, wenn wieder irgendetwas in der Fabrik, die unsere Zukunft ist, ausfällt. Die Terrasse mit den weißen Stühlen und Tischen, Sonnensegel gegen die Sonne, der ziehende Himmel über dem Fluss, Blick auf die andere Seite mit den hohen Bäumen. Im Sommer winken uns an klaren Tagen ihre silbernen Blätter herüber. Nun ist alles abgeräumt, die Terrasse grau, Fugen und Mauervorsprünge von Ruß verkrustet. Die großen Fensterscheiben beschlagen. Im Restaurant dieselbe Aufregung wie die zuhause. Das Licht dunstig, warm. Auf den Tischen grüne Weihnachtsdecken, Kerzen, in der Ecke neben der Theke ein Tannenbaum. Mit Lametta geschmückt, Kugeln, in denen sich der Raum spiegelt, verzieht, schiefsteht, ganz rund wird. Es ist laut. Viele Kinder mit Großeltern und Tanten wie wir. Wir bekommen Limonade und Plätzchen mit Schokoladenüberzug. Schauen durch die hohe lange Fensterreihe, wo sich im Dunkeln die vom Fluss durchströmte Bucht der Rheinischen Tiefebene bis zum Meer ausdehnt. Noch sind die großen Türen zum Saal, in dem lange vor dem Krieg Tanzveranstaltungen gegeben wurden, geschlossen. Davon hat mir meine Mutter erzählt. Ihre Brautzeit, neben ihr mein Vater, sie haben Wein getrunken und dann miteinander getanzt, bis der Krieg da war.

Beim kleinsten Geräusch drehen sich die Köpfe der Kinder zur Tür, als wären sie Eulen. Schauen, starren, dann öffnet sich der Saal, ein Sturm, herumwehen zwischen Stühlen und Bänken. Es wird geschrien, gerannt, gestürzt. Wir halten uns an den Händen, dicht um die Tante gedrängt, suchen unsere Plätze. Vor uns die Bühne, noch von einem schwarzen Samtvorhang verdeckt. Das Licht wird weniger, geht unter, der Atem aus. Völliges Dunkel, schon nicht mehr auf der Erde.

Der Vorhang hebt sich, die Augen gehen über. Wie von selbst lösen sich die Füße vom Boden, auch die der Stühle. Die Bühne, wir schlüpften aus, alles rückt ab, still gleiten wir, sind schon auf der Umlaufbahn. Als auf der Bühne der Mond erscheint; riesig, bleich, die Schatten seiner Täler deutlich zu sehen. Mond, oh Mond, rufen wir, unser altes Kinderlied. Peter tritt auf, seine Schwester, der Maikäfer, der Bär, der Sandmann. Werden von Erwachsenen gespielt. Wir sind hier im Theater der Kinder des Olymp. Uns hält nichts mehr. Zehn, neun, acht, sieben, *Ground Control*, sechs, fünf, vier. Kommt doch mit, rufen wir den anderen Kindern im Saal zu, unter denen auch wir sitzen. Wir warten auf euch, wir müssen jetzt los, höchste Zeit, drei, zwei, eins. Jetzt, rufen wir, unsere Adresse: *Dark side of the moon*, und schwingen uns auf.

Aus der Ferne sehen wir die Erde. Wie sie sich um ihre schiefe Achse dreht. Seekranker Planet, dem nicht zu trauen ist. Uns wird schwindlig, wir hören ein Aufrauschen. Die sieben Brüder, die verwandelten Schwäne, manchmal sind es auch zwölf. Sie fliegen mit dem ersten Licht am Morgen, nehmen dabei all das, was hinter ihnen liegt, wie ein Tuch auf. Erheben sich mit ihm ins Gebiet der Vorstellungen und Träume, in dem ein anderes Blut fließt, ebenso notwendig wie das, das sich in uns dreht. Und wo im Kinderkörper das Herz schlägt, atmet im großen Raum der Imagination der Mond. Spiegelt das Licht ferner Sonnen wider, den ganzen bestirnten Himmel, Planeten und Sterne, die wir uns an den Haaren herbeiziehen, aus den Fingern saugen, ins Dunkle hängen.

Möge euer Schatten wachsen, der alte Gruß der Perser an die abendlichen Reisenden. Wie sie auf der Erde gehen, noch halb zu den Toten gehören. Gebiet anderer Zusammenhänge, die sich nicht in Morgenland und Abendland auftrennen lassen, weder in Sinn noch in Unsinn. Nur immer wieder dieser Aufschwung in Richtung auf sich selbst zu, wer auch immer das werden wird.

Nacht der Kinder und des Monds, in deren Gesellschaft ich an einem kalten Märztag nach Teheran reise, unseren Schatten folge, unserem Kino, den laufenden Bildern. In denen wir untergehen, und manchmal tauchen wir als andere daraus wieder auf.

4

Riders on the Storm

»Elle est dans la lune.« Sagen die Lehrer. Das heißt Tagtraum auf Französisch bei Frau Kraft in der Sexta, der Quinta, der Quarta. In den langen Jahren des Abtauchens, in denen ich stillhalte, von Mädchen umgeben dasitze, ihren Pferden, Vätern und Müttern. Das ändert sich erst, als ich zu rauchen anfange, die Spur unserer alten Winterreise zum Mond aufnehme. Von dem fällt in der Nacht eine Mädchenblüte. Der Tagtraum geht in Rauch auf. Love will come.

Im Deutschunterricht lesen wir *Auf der Galerie*. Ich bin der gefesselte Zuschauer, der nicht merkt, dass er weint. Die Tochter des Zirkusdirektors auf dem Pferd bin ich auch; schwindsüchtig wie mein Vater. Die Krankheit ist wieder ausgebrochen, sie kommt aus dem Krieg. Seit ich auf der Welt bin, weiß ich, wie gefährlich Atmen ist. Er muss ins Sanatorium. Zum Abschied schenkt er mir meine erste Langspielplatte. Wir sitzen in meinem Zimmer auf der Galerie und hören *Riders on the Storm*. Daniela, eine Französin, die sich in unsere Klasse verirrt hat, leiht mir das Weiße Album. Zurück in Moskau, dazu passend eine weiße Felljacke. Die trage ich zu meiner ersten Liebe unters Dach. Was so lange gut geht, bis der Vater tot ist. Danach ist alles anders und ich reise los.

Erste Flugreise, fragt mich aus Gründen der Sicherheit mein Smartphone. Das war Kreta. Von Athen aus. Nach dem schriftlichen Abitur. Zusammen mit den beiden anderen Trotzkistinnen, die es in der Schule gibt. Alle drei haben wir geträumt abzustürzen. Ein Jahr später stehe ich mitten in Delhi auf dem Campingplatz. Ende August, der Monsun fast vorbei, das Jahr 1976. Bis hierher bin ich mit ein paar Freunden gefahren. Fritz und Petra aus dem Ruhrgebiet, seit ihrer Kindheit ein Paar. Sie kennen sich aus, sind die Route von Gießen nach Indien im Jahr zuvor schon mal gefahren. Wissen, wo wir übernachten, was es anzusehen gibt, wie das Auto über die Grenzen zu schmuggeln ist. Und Georg. Er hat langes, blondes Haar, ist laut, halbstark, ständig bekifft. Jüngerer Bruder meiner großen Liebe, wegen der ich mich auf diese Fahrt begeben habe. Den hat er mir als Ersatz mitgegeben. Zusammen mit der Katze von der letzten Seite der *Traurigen Tropen*, die mich seitdem immer begleitet. Mit der ich das Gespräch suche, wo immer ich es auch finden werde.

Kaum sind wir von Gießen losgefahren, öffnen sich der Raum, die Zeit, die Entfernung. Ich sitze im Auto, in einer Stadt, einem Dorf, am Strand, ich schlafe, wache, staune am Tag und in der Nacht. Über mir die Sterne, der Mond, die Sonne. Sie bringen mich über die Schwellen, die unmerklichen Übergänge, in denen ich mir abhandenkomme, fremd werde wie die Fremde. Während sich vor mir, am fernen Horizont, Gestalten und Dinge abzeichnen, die undeutlich sind und wunderbar.

Nach sechs Wochen gemeinsamer Fahrt sagen meine Freunde, du reist nicht, du träumst. Höchste Zeit, dass wir auseinandergehen. Fritz und Petra wollen nach Nepal weiterfahren, den schwarzen Mercedes verkaufen, im Herbstsemester wieder in Gießen sein, weiterstudieren. Georg zieht es nach Goa, er hat Zeit. Ich will nach Dharamsala, weg von Indien zu den Tibetern. Dort über den Wolken im Last Chance Tea Shop sitzen und über tibetischen Buddhismus diskutieren. Seit wir unter den Bäumen mit den Geiern, gleich hinter der pakistanischen Grenze, durchgefahren sind, habe ich das Gefühl, dass es nur noch eins gibt: Indien überleben.

Nichts ist hier sicher, alles löst sich auf. Sogar der Mond über dem Taj Mahal hängt schief. Sein Licht scheint auf Lebende und Tote, die in sanften Hügeln entlang den Straßenrändern liegen. Ganze Familienclans, einer neben dem anderen unter dünnen Tüchern aufgereiht. Immer wieder schaue ich voller Schrecken, ob sie sich noch bewegen oder längst schon alle tot sind.

Was für ein Gepäck ich bei mir habe, weiß ich nicht mehr. Einen Rucksack vielleicht und eine Umhängetasche, die ich mir aus burgunderrotem Stoff mit kleinen springenden Hirschen darauf genäht habe. Die drei raten mir, für mein Gepäck ein Schloss zu kaufen. Wofür soll das gut sein?, frage ich. Lässt sich in Indien irgendwas abschließen? In Sicherheit bringen? Und dann fahre ich nach Old Delhi, begebe mich ins Gewimmel von Händlern, Bettlern, Leprakranken und Heiligen. Ich finde ein Schloss. Groß, schwer, wie das, mit dem das Tor der Scheune im Hof meiner Großmutter geschlossen wurde. Ich spüre sein Gewicht in meiner Hand, wie ich als Kind mit ihm gespielt habe, den Bügel auf und zu klappte, den dicken Schlüssel im Schloss drehte, der Kontur des Schlüssellochs mit dem Finger nachfuhr. Das Schloss ist rostig, das Schlüsselloch durch eine Kappe geschützt. Der Bügel geschlossen. Wegen des Preises handle ich. Vielleicht doch nicht sinnlos, so ein Schloss. Alles wird gut. Ich fahre zurück auf den Campingplatz, erschöpft vom Gedränge, der Hitze, dem Verkehr. Freue mich auf die Weiterfahrt morgen, die Kühle der Berge, die kleinen Orte, Dörfer, raus aus der Stadt. Als ich mein Schloss zeige, fragen sie sofort, wo denn der Schlüssel sei? Und Fritz sagt: Bist du auf dem Mond? Dann gehen sie weg und fürchten sich.

5

Der kleine Ali

Ein kalter, grauer Tag Ende März, kein Bauer, keine Rösser, kein Feld. Im Flughafenbus alle schon komatös, selbst das Gepäck. Fertig für den Transport. Ich reise über Wien nach Teheran. Suche das Gespräch mit einer Katze. Wir sind verabredet. Unter mir Gebirge, Steppen, ausgetrocknete Flussbetten, Wüsten. Begleitet vom Wind, dem Rauschen der Maschine, dem des eigenen Bluts im Ohr, wie es sich in der dunklen Kammer des Körpers dreht.

Mit der Entfernung wächst, was gewesen ist. Reise zum Mond. Unternehmung der Lunatics in den Zeiten der Kindheit, der Gottheit des Imaginären geweiht. Sie sind da, begleiten mich. Auch nach Teheran, Stadt in Persien, vielleicht eine Einbildung. Es ist dunkel geworden, frühe Nacht, Sterne um mich rumgehängt. Bald da, wir tauchen ab, Lichter breiten sich aus, Land.

Kaum sind wir gelandet, die Kostümierung. Alle Frauen ziehen sich um. Verschämt, geduckt, sind fast nicht mehr wiederzuerkennen. Medea sagt: *Ihr Frauen von Korinth, euch zulieb erschein ich hier. Damit ihr mich nicht scheltet.* Seitdem trage ich ein Kopftuch, die langen, dunklen Kleider, die reisenden Frauen empfohlen werden.

Wird Amir da sein, um mich abzuholen? Zur Wohnung zu bringen, wo ich die nächsten vier Wochen bleiben soll? Andreas, Kulturattaché der Schweiz, wartet dort auf mich mit den Schlüsseln. Alles eingefädelt. Where you going Miss? Da ist er, zuverlässiger Chauffeur, der für die Schweizer Botschaft Gäste abholt und sicher in die Stadt bringt. Schon fahren wir los. Mitten in ein Gedicht vom kleinen Ali. In der Nacht ruft ihn im Garten der Teich, in dem ein Fisch schwimmt. Er hat eine Krone, funkelnde Augen, er sagt, kleiner Ali, komm, hier ist es tief, wir schwimmen zum Meer. Und seine Mutter sagt, was hat er nur wieder gesehen? Den Schlaf? Den Traum? Einen Fisch, der über ihn hinwegfliegt? Ein Wundertier mit Diamantaugen und einer Wasserpfeife, aus der dicke Wolken aufsteigen, die über den Garten ziehen? Ein Fisch vom Volk der Kinder und Narren, oder einer aus dem Persischen Golf, der die Schiffe begrüßt? Kommt er aus dem Teich der Träume von hinten im Garten, in dem die Himmel schwimmen? Hat der den kleinen Ali aus dem Schlaf geholt? Jetzt ist er verrückt nach dem Teich, macht kein Auge mehr zu. Da kann die Nacht machen, was sie will.

Du bist jetzt bei uns, sagt der Mond. Ich begleite dich nach Teheran, von dem du nicht weißt, ob es existiert. Vielleicht ist die Stadt eine Riesenfledermaus mit weit ausgespannten Flügeln, unter denen alle Fledermäuse der Welt hängen. Kopf voran, die spitzen Gesichter wie Masken im Schlaf. Das ist das Fledermausteheran im Riesenmantel der Nacht. Doch eins ist das Träumen, das andere die Stadt, in deren Adern Autos fließen, die wie Perlen glänzen.

Von weit draußen im Süden, wo die Wüste liegt, durch die sich der alte Faden der Seidenstraße zieht, fahren wir hoch in den Norden mit den Bergen voller Schnee. Rein in den Tunnel und wieder raus wie der Fisch aus dem Teich. Vorbei an dunklen Feldern, wo die Nacht sich unter leichten Dächern verbirgt, darüber ein grünes Licht auf den gebogenen Kuppeln kleiner Moscheen.

Amir kennt sich aus. Wie alle, mit denen ich in

dieser Stadt fahre. Sie sind Raumfahrer, müssen kaum schauen, steuern fast blind. Manchmal haben sie nur noch drei Zähne, oder es fehlt ihnen ein Auge. Doch die Route ist klar. Sie schwimmen ganz einfach. Navigieren mit links im Meer von Straßen, Richtungen, Kreiseln und ich auf ihrem Rücksitz wie diese Vögel, die auf den gerippten Panzern von Krokodilen auf und ab spazieren. Oder sind es Nilpferde? Sie fahren, als wären sie selbst Autos. Ihre Seele der Motor. Und wenn sie mit einem anderen zusammenstoßen, steigen alle aus, gehen einmal um die Autos herum, umarmen sich und fahren weiter. Nie komme ich hier vom Weg ab. *Ground Control to Major Tom:* Ich bin da. In einem Lied, einem Film, einem Gedicht. Weiter durchs Niemandsland der Nacht. Gleiten gegen Spiegel, die sofort nachgeben. Geglitzer der Oberflächen, der Tage, der Namen und Destinationen.

Weit ist der Weg, sagt Amir. Einer seiner Brüder lebt in Bern. Seine Familie kommt gleich von hier um die Ecke. Immer schon, die Eltern und Großeltern und all die anderen davor, als Teheran noch gar nicht da war. Wer weiß, ob wir es je finden werden. Er zeigt mir die Wahrzeichen der Stadt, was ihn zum Lachen bringt. Wir fahren unter einer sehr hohen, langgezogenen Brücke durch. Sie ist erleuchtet wie ein Ausflugsboot. Ich sehe winzige Menschen an der Reling stehen, sie schwenken Fahnen. Aber da bin ich mir nicht ganz sicher.

Amir ruft Andreas an, dass wir unterwegs sind, in einer halben Stunde da sein werden.

Keine Staus, der Verkehr flüssig, die Stadt leer, wie sie mir später sagen.

Häuser, Straßen, ganze Viertel ziehen vorbei, rasche Schnitte. Ich denke an die Ausflüge mit der Mutter ins nahegelegene Köln. Als Kind, am Tag der Heiligen Drei Könige von Kirche zu Kirche. St. Gereon, St. Maria im Kapitol, Groß St. Martin, St. Kunibert, St. Ursula, St. Cäcilia, sie harren aus in ihren Schiffen, beherbergen Menschen, Gäste, Kamele und Könige unbestimmter Herkunft. Schöne Männer, ihre Kronen, Turbane, die Myrrhe im Kasten, Gold, das Kamel. Wir besuchen ihre alten Knochen im Kölner Dom.

Am Abend stehen wir in der riesigen gebogenen Halle des Bahnhofs mit der 4711-Reklame am Kopfende. Die Zahlen gelb in einer Mandelform. Von einem Band umwunden, mit Schleife auf der einen Seite und an der anderen hängt eine Glocke. Sie schlägt uns die Stunde. Nicht laut genug für das Dröhnen und Donnern der Loks, ihrer Tender und Wagen im Gehäuse aus Stahl. Das Licht schwankt, die Halle vibriert auf dem rostigen Schotter der Gleisbetten. Ich will ins Morgenland reisen, den großen Zügen nach.

Es hat zu regnen angefangen, geht gegen Mitternacht. Amir ist der funkelnde Fisch im Meer der Straßen, der Lichter, der Bahnen. Über uns das Gezweig der grün angestrahlten Bäume am Rand der Fahrbahn. Die Blätter noch fest zusammengerollt in ihren Knospen. Der Frühling ist kalt in Teheran. Ich bin ins Jahr 1398 übergewechselt, es hat soeben angefangen.

6

Brief an den Botschafter

Ich schreibe dem Botschafter der Schweiz einen Brief. Wie gerne ich das Land, in dem er die Schweiz vertritt, bereisen möchte. Dass ich das Gefühl nicht loswürde, etwas vom Anfang dort finden zu können, noch vor der Sprache und von weiter her in der Zeit. All die untergegangenen Gegenden in uns, schreibe ich ihm, mit ihren Sternen und kleinen Monden, wie sie in uns manchmal nachts, in Träumen, oder kurz bevor wir erwachen, aufgehen. Irgendwo müssen die sich doch aufhalten?

Sehr geehrter Herr Botschafter, überlegen Sie doch nur, wie wenig wir denken, wenn wir vernünftig sein wollen, und wie wenig wir dabei das Wenige denken können. Ich will nach Persien reisen, das Gespräch mit einer Katze suchen. Von dem mir meine erste große Liebe erzählt hat. Ich war jung, ungeduldig, die ehemalige Tochter des

Zirkusdirektors in den bunten Kleidern der Inder. Irgendeinem irren Orient hinterher. So saß ich bei ihm im Zimmer, wir tranken Tee, ich schaute ihn immerzu an. Er war von einem Stern oder aus einem meiner Träume gefallen und las mir von Lévi-Strauss das Ende der *Traurigen Tropen* vor. Wo das mit dem Riss in der Mauer, der Gnade steht, die das Gespräch mit einer Katze bedeuten. Verbindet uns mit dem Unzugänglichen, wo alle Reisen hingehen. In dieses Gespräch, dem Wunsch nach ihm, bin ich so verliebt wie damals in Alexander. Sitze bis heute mit meiner Katze am Ende der *Traurigen Tropen*.

All das schreibe ich ihm. Und dass jedes Land die ihm eigene Sprache der Träume hat. Die der Deutschen ist eine Winterreise. Auf die sich zuletzt ein paar Schauspieler machten. Gleich nach dem Deutschen Herbst, Dezember 1977, Olympiastadion Berlin. Schauspieler laufen über Aschenbahnen. Werden von Jeeps verfolgt, Suchscheinwerfer, die Kälte klirrt. Auf den Tribünen in Decken eingewickelt die Zuschauer. Gleich neben den hölzernen Pferden, die später wie Fackeln brennen werden. Ob sie wissen, dass sie weinen? Es gibt ein Gräberfeld, den Anhalterbahnhof, Zelte, in der Mitte des Stadions eine Currywurstbude. Einer der Schauspieler ist Hölderlin. Läuft über die Aschenbahn: *»Du wirst einsam sein, mein Liebling!«* *sagt er,* *»... du wirst seyn wie der Kranich, den seine Brüder zurückließen in rauher Jahreszeit, indes sie den Frühling suchen im fernen Lande.«* In sieben Winternächten träumen die Schauspieler, ihrem Land und seiner Sprache zu entkommen. Ich sehe ein paar Fotos von ihnen im kalten Stadion der Erinnerung. Schneide sie aus, hänge sie mir an die Wand. Die gleiche Aschenbahn, über die wir hinter dem Schulhaus in kurzen Hosen und weißen Sporthemden getrieben wurden. Asche der Toten, die wie die hellen, wolkigen Fahnen aus den Kaminen des Bayerwerks zum Himmel gestiegen sind. Am Morgen liegen sie rot auf den Bahnen der Winterreise.

Sehr geehrter Herr Botschafter eines neutralen Lands, Sie kennen sich aus. Sie wissen, dass wir uns Botschaften schicken, um sie vielleicht, eines Tages, lesen zu können. Und zu entdecken, dass wir selbst die sind, denen wir geschrieben haben.

Das Land, in dem Sie die Schweiz vertreten, ist ein großes Postamt, wo so viele alte, unangekommene Botschaften herumliegen und keiner weiß, wem sie gehören, woher sie kommen, wohin sie sollen. Amerikaner nennen es Dead Letter Office. Aber so lange wir uns aufmachen, anklopfen, nachfragen, ist nicht eine einzige Botschaft tot.

Hören Sie, ich will einen Brief abholen, den ich mir früh im Leben vorausgeschickt habe. Leider kennen Sie meine Großmutter nicht. In ihrer Küche, die in jeder Weltlage Kurs hält, bin ich zur See gefahren. Eines Nachmittags sitze ich neben ihr auf der Bank. Sie ist vertieft, weit fort, liest Zeitung, bemerkt mich nicht. Ich beobachte sie, halte den Atem an, lausche auf ihren. Ja, sie lebt. Aber wo? Und wo bin ich? Ich setze Wörter aufs Blatt, fülle seine Leere mit geschwungenen Linien, die ans Ufer schlagen. Wellen, in denen etwas von mir treibt, bis es angespült wird. Schreibe ihr einen Brief, wie jetzt Ihnen. Den ich der Entfernung zwischen uns anvertraue, und auf den ich warten werde. Dann wird auch meine Großmutter wieder auftauchen, mich sehen, mir zunicken und mich fragen, ob ich etwas zu trinken haben will.

Die persische Dichterin Farrochsād sagt: *Wenn du in mein Haus kommst, Freund, bring eine Lampe mit und ein Fenster.* Ich werde die Fotos der Winterreise durch das Olympiastadion dabeihaben, durch die mir ein Frühling im fernen Land leuchtet.

Der Botschafter schreibt mir, dass ich kommen soll.

Ich sende seinen Brief an den Botschafter des Irans in Bern weiter. Immer hat er schlechte Laune, will meine Fingerabdrücke haben. Für jede Reise wieder. Sonst erlaubt er mir nicht, in sein Land zu reisen. Dafür muss ich im Basler Gefängnis einen Termin beantragen, lange in einer staubigen Halle warten, wo Polizisten ein und aus gehen, die mich korrekt grüßen. Dann gehe ich in ihrer Begleitung durch Sicherheitstüren, komme in ein helles Zimmer zu zwei Männern, die mich anweisen, meine Finger vorzuzeigen. Einer nach dem anderen wird in eine dicke Tinte getaucht, dann auf ein Blatt gepresst. Der Mann sagt, ich habe kein Profil. Er kann kaum etwas sehen. Ob ich mit Papier arbeite? Ja, sage ich. Na, das kennen wir, sagt der andere. Der am Schreibtisch schon mal die Rechnung ausstellt. Für die Mullahs, sagt er und grinst auf seinen Stockzähnen. Das probieren auch Flüchtlinge, sagt sein Kollege. Schleifen sich das Profil. Wir haben Zeit, sagen beide, wächst alles nach. An der Wand über dem Schreibtisch hängt ein Poster von Mussolini, als er jung war und in die Schweiz einreiste. Aus wer weiß welchen Archiven, mit Einreisedatum und offiziellem

Stempel. Bin ich unter Räuber gefallen? Sage kein Wort mehr, schaue die schwertförmigen Blätter einer dieser Wüstenpflanzen an, die seit hundert Jahren schon in ihrem Topf dahinwächst, ohne je größer zu werden. Ihre Ränder hell, im Inneren dunkelgrün. Kenne sie von Steuerberatungsbüros und Bestattungsgeschäften, in die mich meine Tante manchmal mitgenommen hat. Seitdem ist im Gefängnis keine Zeit vergangen.

Ausnahmsweise muss ich dieses Mal nicht mehr hin. Der Sekretär des Iranischen Boschafters schreit mich trotzdem an, als ich ihn anrufe, wie es mit meinem Visum stehe. Sie lieben das, und mir fallen die Tränen ein, die ich in Teheran, vor mehr als vierzig Jahren, auf meiner ersten Morgenlandreise mit dem Mercedes nach Indien, aus Wut und Verzweiflung vergossen habe. In welchem Büro von welcher Botschaft welchen Landes weiß ich nicht mehr. Mir fehlte das Visum, um nach Afghanistan einreisen zu können. Es war Donnerstag, das Wochenende stand bevor, der zuständige Beamte weigerte sich, es mir noch auszustellen. Ich solle, sagt er, in vier Tagen wiederkommen, dann würden wir sehen, ob ich es überhaupt bekomme. Es war die Schah-Zeit, kurz vor seinem Sturz. Überall hing er an den Wänden, schritt über Wolken. Ich wollte nur weg und die Tränen wirkten. War wahrscheinlich ein afghanischer Botschaftsvertreter, ein persischer Beamter hätte sich nie erweichen lassen.

Wir fuhren dann gleich weiter in die Berge zum Kaspischen Meer, und ich dachte, nie wieder Teheran. Wo ich jetzt im Auto sitze, zu den Bergen fahre, ihrem Schnee.

Amir setzt mich vor dem Haus ab. Hier also. Kaum bin ich ausgestiegen, das Gepäck noch nicht ausgeladen, kommt eine weiße Katze angelaufen. Sie miaut, klagt die Nacht an, den Tag, sie klagt die Anklage an, klagt, ohne zu klagen. Sie hat sieben Leben und ist in ihrem achten. Sie weiß, dass ich gekommen bin, um ein Gespräch mit einer Katze zu führen. Und diese Katze, sagt sie, bin ich. Sie ist sehr dünn, schmutzig, hat eine ganze Katzenschar hinter sich.

Das wird mir jetzt zu wild, denke ich. Bin ich nicht in einem Land, in dem die Menschen, wenn sie an ihren Gott glauben, weder Hund noch Katze anfassen? Aber was ich denke und was die Katzen sind, das ist zweierlei.

Ihr Gruß bleibt klagend, ohne jede Nachsicht. Bin ich Ali in den Teich gefolgt? Gehen wir unter? Kurz bevor die Tiger losbrechen, die Apachen sich mit drehenden Rotoren in die Luft erheben und auf der alten Sniper-Alley die ferngesteuerten Geschosse einschlagen?

Wir sind da oben im Norden verabredet, die Berge voll Schnee, einer der letzten Tage im März, ich bin verkleidet, gehe unter Schleiern, wir alle hier in der Stadt sind im Theater, in einem Stück, das wir nicht geschrieben haben.

7

Gräser der Steppe

Wien, altes Einfallstor des Orients. Kaum losgeflogen, zieht die Dunkelheit auf. Legt sich als Tuch über das hohe Land, dass es Ruhe finden, in Schlaf sinken kann. Wie der Vogel in seinem mit kleinen Schellen und Spiegeln vollgehängten Käfig im Innenhof des Hotels in Isfahan. Auf meiner ersten Persienreise vor zwei Jahren. Wenn sie gegen Abend seinen Käfig zudeckten, hörte er sofort auf zu singen, um am Morgen, sobald das Tuch abgenommen wurde, seinen Gesang beim letzten Ton wieder aufzunehmen. Ein zartes Tier, sein Hals kahl und lang, die Karikatur des gerupften Vogels. Der junge Mann, der ihn versorgte, war heiter. Sein Lachen ging ihm durchs Gesicht, erfüllte den kleinen Innenhof des Hotels mit seinem strengen Besitzer. Er sprach mit dem fast federlosen Tier, rieb ihm die Spiegel blank. Beide konnten nicht wegfliegen, setzten nur immer wieder in kleinen Sprüngen dazu an. Wenn der Vogel mit seinen Körnern um sich warf, kam er gelaufen, beruhigte ihn. Als ich ein halbes Jahr später wieder im Hotel zu Gast war, wollte ich gleich von ihm wissen, wie es dem Vogel ginge. Strahlend führte er mich zum Käfig. Derselbe wie vorher, nur der Vogel ein anderer. Volles Gefieder und keine Ahnung, was aus ihm noch werden würde. Allein in seinem Käfig, in Gesellschaft der Spiegelbilder und bunten Troddeln, wie sie Kamele auf ihren Wegen durch die Wüste tragen.

Unter mir das Land, wir darüberhin, bringen nichts als dieses Fliegen in eisiger Höhe. Haben noch nicht einmal einen Schatten dabei, den wir werfen könnten. Schneiden neue Teile des Himmelskleids aus, die als Armstücke, Revers, Hosenbeine, ausgefranste Rückenteile umhertreiben. Keiner weiß mehr, wie sie zu einer Erde, einer Ferne, einem Horizont zusammengefügt werden könnten. Uns fehlt jedes Maß, doch wir sind on time.

Ich habe ein schmales Buch bei mir. *Afghanzy* heißt es. Kurz vor meiner Abreise im Antiquariat in der hintersten Ecke gefunden. Geschrieben von einem Russen, der nicht in Russland geboren ist. Lebt in Frankreich. Ist als Soldat oder Journalist in den Krieg geraten, den die Russen in Afghanistan führten. Keiner weiß, gegen wen und für was.

Das Buch spielt gegen Ende des Kriegs. Für die russischen Soldaten ist klar, dass sie bald aus dem Land abziehen werden. Der Krieg längst verloren. Ob dann noch einer von ihnen am Leben ist?

Ein Buch aus den späten achtziger Jahren des letzten Jahrhunderts. Muss unmittelbar nach dem Abzug der russischen Truppen erschienen sein. Die Geschichte zweier Offiziere. Der eine älter. Lange Zeit schon in Afghanistan. Gibt die Befehle. Der andere jung. Gerade angekommen, noch nie im Kriegseinsatz.

Wie all diese Erzählungen vom Krieg fangen sie so an, als wäre auch im Krieg das Leben, wie es immer ist. Es wird von einzelnen Menschen erzählt. Von Landschaften, von der Einrichtung der Kantine, des Büros des Offiziers, der Schlafräume. Die Soldaten essen, gehen herum, unterhalten sich, träumen, haben Pläne, legen sich mit anderen ins Bett, freuen sich, schlafen. Dann geht es schnell. Im Krieg ist alles anders. Sie quälen sich, fürchten sich, quälen andere. Machen ihnen die gleiche Angst, die sie haben, töten oder werden getötet. Mit ihnen das Wetter, das Land, das ihnen nicht gehört, der Tag, die Nacht, der Himmel. Das sind ihre Gespenster. Die bleiben. Du kannst alle töten, alles vernichten. Aber der Himmel, das Licht, die Schatten werfen sich auf dich. Das sagt der ältere Offizier dem jüngeren. Die Afghanen beeindrucken ihn. Er liebt sie. Warum soll er sie bekämpfen? Was für einen Grund kann es dafür geben? Er weiß, dass sie sich in ihren Feinden selbst bekämpfen. Dass sie außer sich keine Feinde haben und dass sie die Gefährlichsten sind.

Die Soldaten, die er kommandiert, sind allesamt süchtig. Brauchen jede Menge Opium, trinken Wodka aus Kanistern. Nach dem Krieg wollen sie eine Frau heiraten, ein Haus bauen, Kinder haben. Keiner singt *We gotta get out of this place*, dafür reicht das Opium schon lange nicht mehr.

Der junge Offizier, sein erster Einsatz. Sie lauern einer Gruppe von Kämpfern auf. Töten alle, auch Frauen und Kinder. Gehen von Leiche zu Leiche, durchwühlen Taschen, Kleider, Hände, Körper. Rauben sie aus. Für später. Eines Tages, das Haus, die Frau, die Kinder. Der junge Offizier ist empört. Im Krieg herrscht Recht und Ordnung, sagt er. Der ältere Offizier sagt, ohne Opium wären alle schon längst tot. Dann weiter.

Nächster Überfall beim Ausgang eines Tals. Morgengrauen. Sicherer Hinterhalt. Sie kommen, haben Tiere dabei, Knaben.

Feuer. Bis nichts sich mehr regt. Alle am Boden. Aber sind sie wirklich tot? Das kannst du nie wissen. Einen Afghanen musst du zweimal töten, sagt der ältere Offizier. Nur der Mutigste, mit den meisten Drogen in sich, geht von Totem zu Totem und erschießt jeden ein zweites Mal. Was auch nicht hilft.

Es kommt zu einem dritten Überfall. Der junge Offizier kämpft wie ein Sieger. Als er glaubt, der Feind sei erledigt, vergisst er, was alle, die noch leben, ihm gesagt haben, was er nie vergessen darf: Immer, auch wenn er sonst alles vergisst, für Deckung sorgen. Als er ein Haus betritt, wird er von einem Kind mit dem Messer angegriffen. Die kurze Zeit, die ihm noch bleibt, nutzt er, um das Kind zu töten und dem älteren Offizier zu sagen, er sei ein Verräter. Dann stirbt er.

Afghanzy nennen die Russen die Afghanen. Wissen nichts von ihnen, töten sie. Afghanzy nennen die Russen auch die Russen. Geben sich den Namen ihrer Opfer, die wie sie sind. Im Krieg werden alle so alt wie die Erde. Als der ältere Offizier aus dem Krieg kommt, erkennt ihn keiner mehr wieder. Ob er noch lebt? Wo ist er jetzt? Und ich?

Unterwegs in ein Land, das ich, als ich es zum ersten Mal gesehen habe, nur schnell durchquerte. Tag und Nacht. Um endlich zu den Afghanzy zu kommen. Nach Herat, in das alte Florenz des Orients. Ich sehe die Buddha-Statuen im Bamiyan-Tal. Leichte Übergänge von Licht zu keinem Licht, von Schatten zu Dunkelheit. Weiter ins Innere des Lands. In sich gebogene Höhe, Himmel und Erde zwei leuchtende Spiegel, worüber die Nomaden mit ihren Tieren ziehen. Die Nächte schon unter null. Am nächsten Morgen ist ihr kleines Lager leer. Schnee ist gefallen.

Auf meinen Knien das Buch der Afghanzy vom Krieg, der nicht aufhören kann. Lässt er sich erzählen? Gibt es eine Sprache, mit den Gleichnamigen zu sprechen? Wenn alle gestorben sind, und in irgendwelchen Schachteln liegen Briefe an die Mutter: Mir geht es gut. Mach dir keine Sorgen. Die Toten des Krieges, Gräser der Steppe, hören nicht auf, zu uns zu sprechen. All das ungelebte Leben, was übrig geblieben ist. Immer noch on time, ein ruhiger Flug, nicht aufzuhalten.

8

Umkehr der Richtung

Geboren werden, umherirren, sterben, verwesen, vergessen werden, Khaiber-Pass. Dann Indien, Campingplatz in Delhi, Schloss und kein Schlüssel. Alles ist anders. Indien; die härteste Schule. Ich weiß nicht, ob ich sie überlebe. Den Tod lernt keiner. Unberührbarkeit auch nicht. Ich komme nicht mehr zurück. Tue nur so. Jahrzehntelang. Nie mehr aufgetaucht. Bis eines Tages Helmudo anruft. Aus meiner alten Theatergruppe in Gießen. Wir müssen hin, schreit er ins Telefon.

Wohin?

Indien. Delhi, Filme von Alexander.

Du spinnst, sage ich. Das ist wie in einem schlechten Roman.

Ja, sagt er, das Leben.

Ein paar Wochen später stehe ich nach fast vierzig Jahren wieder in Delhi. Zusammen mit

Natascha, Kamal, Abdul, Helmudo. Nur der Campingplatz fehlt. Und der Mercedes. Schwarzes Wüstenschiff, völlig untauglich für die löchrigen Straßen, die nach Indien führen. Wir kennen uns seit dem Studium. Haben zusammen Theater gespielt. Auch auf Straßen, Plätzen, in besetzten Häusern. Unser letztes Stück *Ein Sommernachtstraum* nach Shakespeare. Danach in alle Winde zerstreut. Kamal immer unterwegs, macht Filme, Abdul Kindertheater in Gießen. Natascha Regie an größeren Häusern. War lange in New York. Helmudo ist für immer verrückt geblieben, aber nicht plemplem. Wir suchen Alexander, die große Liebe. Das ist der mit der Katze, Filmer wie Kamal. Der eines Tages weg ist, uns alle verlässt. Seitdem wissen wir nicht mehr, wem das verlassene Gefühl gehört, das mit uns ist. Alexander ist Schweizer. Lebt in Indien, keiner weiß wo. Filme von ihm sollen in der Schweizer Botschaft in Delhi gezeigt werden. Eine Retrospektive, irgendein Jahrestag. Helmudo hat nicht lockergelassen. Uns alle jeden Tag erneut angerufen.

So kommt es, dass wir auf der Suche nach ihm eines Abends in der Wohnung des Schweizer Konsuls in Mumbai sitzen. Kennengelernt haben wir diesen und seine Frau gleich zu Beginn unserer Reise in Delhi. Wir erzählen von Alexander und unserer Suche. Sie scheinen uns zu mögen, laden uns nach Mumbai ein. Wissen nicht, wie hartnäckig wir sind. Kamal kennt sie von Dreharbeiten in China, wo sie vorher stationiert waren. Er will einen Mutter-Teresa-Film machen. Schon seit vielen Jahren. Vielleicht mit Schweizer Beteiligung. Nachts schreibt er am Drehbuch. Kommt zornig zum Frühstück. Hört zu, sagt er. Und wir sagen kein Sterbenswort mehr. Da ist diese junge Inderin aus Toronto, sagt er, ihr kennt sie schon. Wir nicken. Mit ihr muss der Film anfangen. Sie ist schwanger. Unfreiwillig, klar. Entweder mag sie den Mann nicht oder der Mann mag sie nicht. Sie weiß es nicht, ist desorientiert. Was soll sie tun? Er schaut uns an. Wir zucken mit den Schultern.

Sie beschließt, nach Indien zurückzugehen. Wo eine arrangierte Ehe auf sie wartet. Die will sie aber auch nicht. Genauso wenig wie das Kind.

What the hell, sagt Natascha wie fast jeden Morgen an dieser Stelle. Die steckt in der Tinte.

Nein, wartet, sagt Kamal. Ab jetzt habe ich es umgeschrieben. Ist viel besser geworden. In Indien erfährt sie nämlich, dass sie eine Waise ist.

Von Mutter Teresa adoptiert. Na, was sagt ihr jetzt?

Wir schweigen. Ja, sagt er, das ist es eben. Mutter Teresa tritt erst dann in Szene. Rückblende, sie noch jung, hört Jesus, er spricht mit ihr. Eines Tages fordert er sie auf, zu den Armen zu gehen. Pflege sie, kümmere dich um sie. Sie sind deine Kinder. Und sie folgt ihm aufs Wort. In die Slums, die Elendsviertel von Kalkutta. Kaum ist sie da, hört Jesus auf, zu ihr zu sprechen. Jeden Tag denkt sie, morgen höre ich ihn wieder. Viele Jahre lang, immer vergeblich. Keine Antwort, nur Schweigen. Sie durchläuft einen vollständigen Wandel. Eine Frau ohne Mann, ohne Geliebten, ohne Gott. Sie arbeitet geduldig weiter für die Menschen ohne Rechte und Berührung. Der jungen Frau aus Toronto sagt sie: Geh nach Hause, liebe deine Nächsten. Das ist alles.

Eine Prüfung, sagt Abdul.

Gott ist böse, sagt Helmudo.

Nein, ein Lügner, sage ich.

Ist das dein Ernst, Kamal? Natascha muss lachen.

Ja, sagt er, die junge Frau überlegt sich, das Kind doch nicht abzutreiben. Sie trifft den Mann, den sie heiraten soll. Dabei verliebt sie sich nicht in ihn, aber in Gott. Und in Mutter Teresa. Die adoptiert sie ein zweites Mal.

Mutter Teresa kann erst wieder mit Gott reden, wenn sie ihn nicht mehr braucht, sagt Abdul.

Kein Gott, kein Meister, kein Vater, sage ich.

So reisen wir von Bangalore nach Cochin, zu den Teeplantagen von Munnar. Überall glauben wir Spuren von Alexander zu finden. Manchmal das Gefühl, ganz dicht dran zu sein, gleich kommt er um die Ecke. Wir treffen Freunde, Bekannte von ihm, die ihn gerade noch gesehen haben. Wo genau er wohnt, weiß keiner.

In Mumbai sitzen wir am Abend in der Wohnung des Schweizer Konsuls und seiner Frau. Das vierstöckige Haus, in dem sie wohnen, steht direkt am Meer. Unter der langen Reihe von Fenstern sind Klippen zu sehen. Eine kleine Bucht, Wellen schlagen ans Land. Gleich neben der Hadji-Ali-Moschee auf ihrer kleinen Insel. Getrennt vom Land, umschlossen vom Meer wie eine Festung des Orients, die dort vor Anker liegt. Nur durch einen Gehweg für die Gläubigen mit dem Festland verbunden. Der gehört den Bettlern der Welt. Männer, Frauen, Kinder, auch Tiere betteln. Katzen, Hunde, kleine Hennen, Kühe, alle strecken ihre Hände aus. Jammern, klagen, kriechen zwischen den Besuchern umher. Was sie bekommen, lassen sie in Körperhöhlen oder Falten ihrer Kleider verschwinden. Dazwischen bieten Geldwechsler ihre Dienste an. Genügend kleine Münzen für alle.

Es dämmert, durch die offenen Fenster hören wir die Stimmen von der Moschee. Gebete, Geklingel, Motorräder, Aufregung, sinkendes Licht. Wir sitzen in Sesseln, schauen hinaus, der Himmel wird dunkel, das Meer schwer. Mitten in Indien trinken wir Prosecco. Die Frau des Konsuls setzt sich an eines der offenen Fenster. Zündet eine Zigarette an, bläst den Rauch aufs Meer hinaus. Eine alte Prinzessin aus Saba. Ein Glas Prosecco in der Hand. Ich frage, wie das Meer heißt. Das da unten zwischen den Klippen. Der Konsul sagt: Arabische See.

Das kann nicht wahr sein. Sofort dreht sich der Raum, steht kopf. Ich gerate in einen Wirbel, werde herumgeschleudert. Und mit mir die Geographie meiner inneren Anschauung. Ist alles, was ich je erlebt habe, verkehrt herum gewesen? Der Osten im Westen? Liegt, was hinter mir ist, vor mir? Ist das, wohin ich mich bewege, was ich schon lange kenne? Meer und Gedächtnis. Kein Indischer Ozean. Arabische See, hat mir gefehlt.

Kommt hier an Land, Zone dazwischen, Übergang, Verbindung und Trennung in einem. Oder sehe ich den Film am Ende des Lebens in umgekehrter Richtung ablaufen? Vor meinen Augen ganz schnell die Bilder all dessen, was ich vergessen habe? Was es bis jetzt nicht gab? Sterbe ich, verschlungen von meinem eigenen Fehlen? Ich halte still auf dem Sessel in der Wohnung des Konsuls. Der Raum wird von Luft und Licht durchströmt. Deutlich ist jetzt die Brandung zu hören. Auf den Klippen Menschen, die sich im Schutz zunehmender Dunkelheit waschen. Davor am offenen Fenster europäische Städter, die sich zum Zeitvertreib Theater vorspielen. Kirschgartenzeit der Dämmerung, der Tag schon abgelaufen, vorbei. Wenn die Rinde der Bäume schimmert vom Träumen, kurz bevor sie gefällt werden.

Kein Indischer Ozean an der Küste Mumbais. Arabische See. Von dort sind sie gekommen, achtes Jahrhundert. Zoroastrier, ihre alte Religion, ihr einziger Gott, das Avestum, Sprache der Wüsten. Kommen mit ihren Schweigetürmen, Himmelsgräbern, mit ihren Feuertempeln und bauen mitten in Mumbai die Petit Library. Bibliothek des Staubs und der Termiten. Rege besucht, überall

Korbstühle, lange Tische, Ventilatoren, Wände voller Karteikästen. Bücher aus allen Ländern und Zeiten werden hier aufbewahrt. Bereitgehalten.

Unvorhersehbar wechsle ich die Richtung. Werde umgeschlagen, das Blatt gewendet, nächste Seite.

Vor mir liegt Persien, der Orient vom Orient aus gesehen, alter Mond über den Rheinterrassen mit seinem fremden Licht. Durch kein Festland zu erreichen. Als hätte ich immer nur rückwärts gelebt, heimwehkrank, nicht seekrank.

So komme ich nach Persien, das ich auswendig kenne. Par cœur. Lange in mir getragen. Verbindung der See. Gedächtnis und alles kommt auf mich zu. Nichts lässt sich hinter mich bringen. Auch Teheran nicht. Eine Stadt, in der es nichts Sehenswertes gibt, kein Tourist bleibt länger als einen Tag. Neu, laut, grau, hässlich.

Fortsetzung folgt. Steht das nicht über dem Ende meiner *Schule der Indienfahrer*? Nach der Nacht in der Botschaft in Delhi, dem Film von Alexander. Aus der Zeit, als wir jung waren, im Wald tanzten und es zu schneien anfing. Unser Gedächtnis aus Schnee, es fällt, rieselt, kleine Bildchen. Und Helmudo schreit: Das sind doch wir.

Ja, das sind wir. Alte Pelztiere, die eines Tages

um den Tisch sitzen. Birnen essen, sich an sich selbst erinnern, und ihre Eltern schon so lange tot. Kamal ist auf Borneo geboren, sein Vater Inder, Jahrgang 1918, Abduls Vater 1907, meiner 1904. Soldaten in Russland, Frankreich, Algerien, Tunesien, Griechenland. Ein Land nach dem anderen. Wie müde die Väter, krank, die Mütter alles durchgezogen, Pragmatikerinnen des Herrn. Der Wahn des Wirtschaftswunders. Die Frauen werden dick, die Landschaften giftig, die Väter trinken, wenn ihnen etwas wirklich Gutes widerfährt, *Asbach Uralt*. Sie sagen: Ich werde nicht alt. Sie werden nicht alt.

Haben wir uns getäuscht? Wie Mutter Teresa? Wie die Afghanzy? Noch während des Flugs, mit all den sich drehenden Richtungen, schnell über das Land hinweg, sehe ich uns alle wieder. Nasse Vögel im Lodi Garden. Nehmen eine Dusche unter der Wasserfontäne, die aus einem lecken Schlauch wie ganz feines Pulver in die Luft stiebt. Die Vögel wie wir auf der Suche nach ihrem Gott. Geschichte von Attar. Bis sie am Ende ihrer Reise erkennen, dass sie es sind, die sie suchen.

Unter ihnen ein Wiedehopf. Jener Vogel, den ich in einer farbigen Abbildung in mein Heimatkundeheft geklebt habe. Der Wiedehopf mit der

Krone der Wahrheit auf dem Kopf: *Oh Vögel, ich bin ohne jeglichen Zweifel sowohl der Bote des Herrn als auch des Verborgenen.*

9

In der Wohnung des Waffenhändlers

Nochmal: Regen, bald Mitternacht. Wir biegen ab. Schmale, dunkle Straße. Von Bäumen gesäumt. Andreas, Kulturattaché der Schweizer Botschaft, und Clara, seine Frau, warten in ihrem Auto. Steigen gleich aus, nehmen mich in Empfang. Agentenfilm, Nacht und Regen. Wieder die wechselnden Seiten, die Fahrzeuge, schnelle Übergabe. Eine Reihe gediegener Hochhäuser. Nicht weit von der Valiasar-Allee, Rückgrat der Stadt, das den Norden mit dem Süden verbindet. Alles überraschend, Wohnung in Teheran. Um Himmels willen. Amir fährt davon, winkt. Wir gehen ein paar Stufen zur Haustür hoch. Die Katze ist da, unsere Verabredung, läuft mir um die Füße. Erste Klage auf der Schwelle. Ich bin die Katze aus deinem Buch. Für heute ist das genug, sage ich. Sie bleibt draußen bei ihrem Gefolge.

Eine Frauenstimme sagt guten Tag, erster Stock, zweiter, dritter, vierter. Das ist der Aufzug. Bitte aussteigen. Lang lebe Allah. Auf Farsi. Die Wohnung groß, weit, wenige Möbel, kein Zierrat. Könnte auch in Manhattan sein, und morgen früh vor den Fenstern keine Berge, sondern der Central Park. Hat hier je jemand gewohnt? Wir gehen durch die Räume, lächeln zaghaft. Drei Bäder, eine Küche, in der noch nie gekocht worden ist. Offen auf zwei große Räume. Fensterfront fast bis auf den Boden. Kahle Äste, die ans Glas kratzen. Schlafzimmer, Ankleidezimmer, die Schränke leer, kein einziger Kleiderbügel. Die beiden haben mir das Nötigste eingekauft für die Ankunft, die Nacht. Milch, Brot, Joghurt, Schafskäse, Bananen, Äpfel. Wir sind hier auf der Erde. Die bitte lange waschen, sagt Andreas, wegen des Gifts. Morgen kommen sie wieder. Geldwechseln und Telefonkarte im Basar organisieren. Vom Vermieter ein Gruß und der Vertrag, damit alles mit rechten Dinge zugeht.

Dann stehe ich in der Wohnung des Omega-Vertreters für den Iran, der zur Uhren- und Schmuckmesse gerade in Basel ist, von wo ich am Morgen losgeflogen bin. Notizblöcke von Cartier liegen auf der Theke, die Küche und ein kleines Wohnzimmer voneinander trennt. Wer im Norden lebt, ist reich, und wer in diesem Land reich ist, ist ein Verbrecher, hat mir der Dichter Farhad mitgegeben, merk dir das. Und vergiss nicht, jeder Dritte ein Spitzel. Ich irre durch die Zimmer, ziehe ein, als wäre ich lange nicht da gewesen. Finde einen kleinen Balkon, berühre die Äste einer Platane, ihre dicken, braunen Knospen. Verklebt von Harz. Gegenüber im Dunkeln zwei langgezogene Grundstücke, kleine Wasserbecken schimmern aus ihnen hervor, Beete und Büsche eines Gartens. Umrandet von niedrigen Schuppen. Dahinter, in weiter Distanz, die Lichter opulent beleuchteter Hochhäuser. Also doch Manhattan.

Ich packe meine Sachen aus, lege sie auf Tische, Stühle, räume sie wieder weg. Bei den Bädern kann ich mich nicht entscheiden. Welches zuerst, welches danach? Vielleicht im Kreis jeden Tag ein anderes. Die Räume viel zu warm, nirgendwo ein Heizkörper oder eine Klimaanlage.

Neben der Couch im großen, nach allen Seiten offenen Zimmer eine Stehlampe mit schwerem Marmorfuß. Neigt sich in hohem Bogen über den Glastisch. Lässt mich an ein Gemälde von Tiepolo denken. Eine Szene von Clowns in weißen engen Kostümen, mit spitzen Nasen und Mützen, Rüschen an Ärmeln, am Kragen. Sie stehen auf Zehenspitzen hinter einem Vorhang, über den sie an einem langen Stock eine Laterne hochhalten. Beleuchtung für das burleske Spiel ihrer Freunde, Narren wie sie, dem wir von hinter dem Vorhang folgen. So lasse ich mich im Licht ihrer Laterne auf der Bühne einer doppelten Szene nieder und sehe mir zu, wie ich da sitze.

Unsere erste Reise, Mondfahrt, damals im Winter, der Saal in den Rheinterrassen. Als es dunkel wird. Sich das Toben und Schwirren der Kinderstimmen mit ihren drehenden Armen, Beinen, Köpfen legt. Als es still wird, gespannte Zeit, der Vorhang, die Bühne, alles bereit, alles steht bevor. Nichts wird sie mehr aufhalten können. Vorhang auf, die Bühne, Kinder am Fenster, Nacht, in der Ecke oben der Mond, das ferne Gestirn, das die Meere über die Erde zieht, wie die Kinder im Saal. Sie schauen, erkennen alles wieder, atmen ihren kleinen Atem, mit dem sie die Welt abtasten. Werden durchlässig, heben ab. Werden Sehende. Gehalten von den zu groß geratenen Schauspielern auf der Bühne, der Nacht mit Sternen und voller Sehnsucht. Draußen der große Strom und bald das Meer. Was dann folgt, ist dieses Mondsein, Fortsein, aus den Angeln gehoben. Das ist, was geschieht. Handlung, Geschichte, die ganze Sache mit dem Käfer, seinem Bein, dem Holzfäller, dem Bären, dem Sandmann, Peter und Gisela, dient der Beruhigung der Erwachsenen. Sie wollen einen Sinn haben, sie brauchen ihn, eines soll aufs andere folgen, nichts auf einmal. Und am Ende alles gut.

Dabei haben sie längst gemerkt, wie still ihre Kinder sind. Von irgendwas eingenommen. Sie können sich nicht erklären, was es ist. Wo? Und wo die Kinder, die immer noch neben ihnen sitzen. Ihre Hände halten, sich an sie drücken, ausgeflogen. Es schaudert die Erwachsenen, sie fürchten sich; sie haben uns verlassen.

Dark side of the moon. Déjà-vu ohne Ende; hier musst du bleiben. Gleich nach der Landung, noch als ich in der Schlange vor der Einreisekontrolle stehe, schaue, angeschaut werde, gefragt werde, ob ich jemanden hätte, der mich abholen kommt? Ja, sage ich. Sie könnten mich sonst mitnehmen, sagen sie, zu Besuch aus Kanada, aus Schweden, aus den USA, wegen Nourouz, der Familie, dem Heimweh, seit vielen Jahren in der Fremde. Sie kommen nach Hause und nehmen mich mit dahin. Vorbei an den gläsernen Kabinen der Passbeamten, die auf ihren Pulten Hyazinthen stehen haben, weiße, blaue, rosafarbene. Sie schauen meinen Pass an, das Schreiben des Botschafters. Sie stempeln es ab, kein weiterer Blick. Auf einem Zettel, den sie zwischen die Seiten meines Ausweises gelegt haben, lese ich: *Wenn du beraubt wirst allen Guts auf Erden / und nur zwei Brote dir belassen werden / Verkaufe eins, und vom Erlös kauf Hyazinthen / Daran wird deine Seele Nahrung finden.*

Die Blumen aus Erde und Blut. Das neue Jahr, das mit dem Frühling anfängt. Die dunkle Seite des Monds. Pink Floyd, Musik aus der Zeit, als die Wörter noch geholfen haben. Als die Medizinmänner des Westens sagten: Der Schizophrene bricht nicht ein, sondern durch. Sie alle heißen mich willkommen, wo ich nichts verloren habe. Zeit, die auch durch dieses Land weiterzieht. Karawane der Geschichte, folgt den Liedern. Ich komme nach.

10

Foucault träumt

Schwarz gekleidet, Priesterinnen und Priester des Aufstands. Reglos auf Dächern, Etage um Etage in den Rohbauten von Hochhäusern, auch Kinder dabei, dicht an dicht. Stehen mit bloßen Händen da. Haben keine Angst mehr, gehen nicht weg. Wenn sie nicht weiterkämpfen können, werden es die Toten für sie tun. Die vom Cinema Rex im August, die vom Schwarzen Freitag auf dem Jaleh-Platz, von den Straßenkämpfen im ganzen Land. Und all die, die noch sterben werden, bis der eine Herrscher das Land verlässt, der nächste kommt. Bis alles von vorn losgeht, wie ein schlechter Traum, der nicht wahr sein darf.

Am 5. November steht Herr Firuz seinem Sohn gegenüber. Sie beben vor Wut, ihre Gesichter bleich, die Adern an Hals und Schläfen angeschwollen, lese ich. Der Sohn schaut seinen

Vater an, der seinen Sohn, Auge in Auge. Und er wirft den Stein ins Geschäft des Vaters, in dem er groß geworden ist. Hört nicht eher auf, bis alle Spirituosen, mit denen der Vater sein Leben lang gehandelt hat, vernichtet sind. Alles Glas zerbrochen, alle Behälter, alles Flüssige über den Boden ergossen, die Straße überschwemmt, noch Tage danach riecht es im Viertel nach Wein und Schnaps.

Zur gleichen Zeit ist Foucault in Teheran. Berichtet für den *Corriere della Sera*. Will sehen, wie sich ein Volk erhebt. Wie Ideen Wirklichkeit werden, nicht nur Diskurs. Ob es nicht doch noch einen Ausweg, eine andere Weise lebendig zu sein, gibt. Will er das glauben? Nein, träumen. *I had a dream.* Vom Orient, der unendlichen Unzugänglichkeit, der Grenze, die uns von unserer Sehnsucht trennt, dem Land, aus dem wir nicht auswandern können. Das schreibt er Jahre vorher so rasant wie schön. Vernunft und Wahnsinn, Orient und Okzident, nie werden wir hinkommen, nie uns verbrüdern. Grenzenlose Grenze, die uns im Innern für immer von uns trennt, uns bewohnt, nie mehr verlässt. Jetzt ist er da. Bezaubert, hingerissen, schon das zweite Mal, und schreibt all das in den Wind.

Ein Volk erhebt sich und mit ihm die Kinder, die Tiere, die Landschaften. Es sagt Nein. Das ist eine Tatsache, schreibt er. Hier ist nicht Kuba, nicht Vietnam, nicht China. Keine marxistisch-leninistische Revolution. Er hört auf den Straßen Teherans die Stimme Savonarolas. Der Aufstand gegen die tote Schwere der westlichen Modernität geht über alle Grenzen. Steckt an, verwirrt, lässt sich nicht fassen. Keine Beweise, nur Träume, Visionen, entfernte Ähnlichkeiten. Nacht für Nacht den Kopf verlieren. Wie es weitergeht, was es bewirken wird, das Ende? Nichts davon ist klar, nichts davon steht fest; das ist die Kraft, die Foucault jäh ins Träumen bringt von einer politischen Spiritualität. Die sich äußert, wo wir nicht sind, die wirkt, insofern wir fehlen. Und es wagen, unserer Abwesenheit ins Auge zu sehen, dem offenen Bild des Fremden.

Immer wieder geschieht es mir, dass Menschen, mit denen ich auf der Straße, in der Metro, im Haus der Freundinnen ins Gespräch komme, mir erzählen, was sie zur Zeit des Aufstands gemacht haben. Selbst die, die noch nicht geboren waren, sagen, ohne dass ich sie danach gefragt hätte, da war ich noch nicht geboren. Als würden sie im Schlaf sprechen, von Sinnen und aus einer Zeit außerhalb ihres Lebens, die sie genauer kennen als die, in der sie leben. Maryam ist zwei Jahre alt. Jaleh drei, die Eltern haben sie ins Dorf der Großeltern im Norden, oberhalb Teherans, gebracht. Die beiden erzählen mir von den Kindern auf dem Nachhauseweg von der Schule, den aus den Heften gerissenen Seiten. Ins Blut der Toten auf der Straße getaucht. Zur Warnung der nachdrängenden Demonstranten. Flugschriften, mit Blut geschriebene Hausaufgaben, vom Boden aufgelesen. Schreiben lernen zu Zeiten der Revolution, Widerstand, der sich auf den Seiten von Schulheften ausbreitet.

Wenn ein Volk sich erhebt, träumt die Erde. Zu Foucault sagt sie: *I'll let you be in my dreams if I can be in yours.* Erfindung des anderen, jenseits der Grenzen von Orient und Okzident. Foucault schreibt seinen letzten Artikel für den *Corriere della Sera* am 13. Februar 1979. Das ist Khomeinis zweiter Tag im Iran. Zurück von Paris. Vom Piloten der Air France aus dem Flugzeug die Treppe hinabgeleitet. Neue Zeit. Triumphzug zum Friedhof, Behesht-e Zahra, wo all die getöteten Schah-Gegner beerdigt liegen. Er sagt: Der Schah hat nur den Friedhof vergrößert. Wenige Worte, mit denen er sich der Toten bemächtigt.

Zur gleichen Zeit verschwinden die Iraner aus der Stadt, in der ich studiere, Gießen. Unter ihnen viele Trotzkisten. Sie kommen von woanders, nicht aus dieser Garnisonsstadt, bewacht von den Burgen Gleiberg und Vetzberg. Ich sehe sie in Kneipen und Cafés sitzen, nächtelang reden, rauchen. Immer die letzten. Warten wie die Kinder im Saal der Rheinterrassen, dass endlich der Vorhang aufgeht und der Mond sich ergibt. Schon sind sie weg. Kommen nicht wieder. Die Stadt noch hässlicher, nichts, was aufblitzt, kein Geist, kein Ornament, kein Teich mit sprechenden Fischen. Da weiß ich noch nicht, dass ich ihnen wiederbegegnen werde. Ihren Bildern und Abbildern, ihren Kindern und Gräbern. Ich starre sie an, verliere mich in ihren Anblicken, auf die ich in Teheran überall treffe. Junge Männer und Frauen sehen aus wie sie, rauchen, trinken Kaffee, sprechen wie früher die Studenten der CISNU. Gleichen den Fotos aus der Zeit des Aufstands. Ihre Art, sich zu bewegen wie Schattenrisse, aus etwas herausgetrennt, was sie mit sich bringen.

Es gibt Länder, Landschaften, es gibt Lichteinfälle, die sofort zu uns sprechen. Und andere, die lange nichts sagen. Bis etwas wie mir in Mumbai in der Wohnung des Schweizer Konsuls geschieht. Ich schaue zum Fenster hinaus, höre den Namen, sehe die See. Sofortiger Anschluss, ein Land ist da, wo ich vorher kein Land ahne. Erst durch das, was dazwischenliegt, was an die gegenüberliegende Küste schlägt, was die eine Seite auf die andere überträgt, füllt sich eine Absenz, die wie ein Riss durch mich geht.

Kurz darauf, als wir in Delhi nach der Filmvorführung in der Schweizer Botschaft im Morgengrauen, die Milane kreisen schon über den Baumkronen, durch die Malrauxstraße gehen, ist mir, als höre ich Malraux sprechen. Er scheint zu ahnen, was sich mir in Indien eröffnet hat. Was nicht Indien ist, nur ein Wechsel, eine Drehung der Richtung: Was wollen Sie in Persien? Nur um weit weg zu sein? Und ich denke wieder an die Himmelsgräber, Feuertempel, die Quellen in den Bergen, an Nietzsche und seinen Souffleur, an Zarathustra, an das Gespenst, das vor mir geht und viel schöner ist als ich. Ich denke an die Ferne, die ich in mir trage. Die langsam durch mich durchgeht, als wäre ich ein Land mit vielen unterschiedlichen Landschaften, die aneinandergrenzen, ineinander übergehen, nicht aufhören, Teile eines einzigen Lands zu sein. Da steht das Kind, das einmal ich war, am Fuß der Treppe zum

Bahnsteig im Kölner Hauptbahnhof. In der Hand eine Bahnsteigkarte. Die haben ihm die Heiligen Drei Könige gegeben. Sie sind von Rages aufgebrochen, lange vor dem Mongolensturm, der die Stadt endgültig verwüstet hat. Alte Totenstadt, wo Khomeini mit seinen ersten Worten die Revolution zu Grabe trägt. Ich bin wieder da, mit dem Ticket nach Persien in der Hand. Was ich erst jetzt verstehe. Im Licht der gebogenen Lampe, die wie in dem Bild von Tiepolo eine den Blicken verborgene Bühne beleuchtet. Alles, was ich sehe, ist die Wirkung einer Beleuchtung, die von hinter der Bühne kommt.

Vielleicht bin ich da schon umgesunken, habe es geschafft, all das zu tun, was dem Schlafengehen zugehört. Zähne putzen, umziehen, Haare kämmen. Läuft ab, übernimmt das Kommando, von mir schon keine Spur mehr. Vielleicht schlafe ich schon und stelle mir die Berge vor, die ich morgen früh sehen werde. Alte Kähne, gestrandete Schiffe mit zerfetzten Segeln. Kommen aus den Schlafmohnfeldern, vollgeladen mit Rausch und Schatten. Unterwegs auf der Rückreise, wo die Zeit immer langsamer geht, bis sie eine ganz frühe geworden ist.

Täuschen wir uns nicht. Wir leben in so vielen

gleichzeitigen Zeiten, die alle nicht aufgehört haben, da zu sein. Sie wahrzunehmen verwirrt uns, wir vergessen unseren Namen. Und dann hören wir den Namen eines Meers und können nicht anders, als zu denken, das bin doch ich.

II

Amt für die intellektuelle Förderung von Kindern und Jugendlichen

Und da sind sie, mir gegenüber, unverrückbar. Berge der Wirklichkeit, aus Stein und Licht gemacht, vom Himmel gestiegen. Sie gebieten Einhalt, harren in nächster Ferne aus, bewachen die Abstände. Weiße Tücher über ihren grün schimmernden Mänteln. Fallen bis fast zu meiner Haustüre ab. Wir schauen uns an. Keine Einbildung. Neuer Morgen, erster Tag.

Persien werden, Kind, Reisende im Morgenlicht eines Frühjahrstags, wenn die Zweige der Bäume leuchten und zu sprechen anfangen: *Geh zu der Straße der Gärten, grüner als der Traum der Amsel, wo die Liebe blau ist und ein nächster Tag. Dort, am Ende der Straße, die hinter der Jugend liegt, drehst du dich den Blumen der Einsamkeit zu, wo Furcht dich einnimmt.* Durch ein Fenster siehst du im Café der

Eltern ein Kind über sein Heft gebeugt sitzen. Du kennst es schon. Es ist dabei, die Rechtschreibung zu verlassen. Geht über in Linien, Spuren, Zeichen. Legt sich in Wörter, setzt auf die andere Seite über. Wartet auf dich mit aller Zeit der Welt, gibt dir sein Lager neben Tisch und Heft. Du bist bei ihm aufgehoben, schläfst und träumst im Meer der Wörter, die ihren Fährbetrieb auch in der Nacht nicht einstellen. Jedes Wort zählt doppelt, sagt Ankunft und Abschied. Verzeichnet im Logbuch auf dem Tisch im Haus des Freunds, seine Adresse auf dem Mond.

Tauben kommen, kleine, zierliche, mit hellbrauner Brust, rötlichen Flügelfedern. Setzen sich in die Äste des Baums vor meinen Fenstern. Aufgeflogen aus Miniaturen, schaukeln leicht in den Zweigen. Die Sonne scheint. In zwei großen Höfen reihen sich die Platanen auf. Alle noch ohne Blätter, die Rinde grau gefleckt, zusammengezogen, als würden die Bäume frieren. Im ersten Hof sehe ich Männer Schubkarren über vertrocknete Beete, verblasste Wege, kaum noch zu erkennende Überreste einer alten Gartenanlage schieben. Sie bringen, bevor sich das Grundstück in eine laute Baustelle verwandeln wird, zur Feier des neuen Jahrs Wasser und Erde. Am Rand des

Hofs eine Reihe von Holzschuppen mit verhangenen Fenstern, dünnen Kaminen. Die Dächer mit Plastikplanen geflickt. Im angrenzenden Hof eine große Betonfläche, Stufen, ein Podest, zuoberst ein leerer Springbrunnen, das Blau seines hell schimmernden Beckens. Auch hier die Schuppen, kleine, schiefe Häuser aus Holz und Plastik. Gegen elf rollt ein Ball über den Beton. Ihm hinterher ein Kind, ein zweites, das dritte erscheint im Schlepptau der Mutter.

Dann werde ich abgeholt. Der Aufzug sagt wie gestern Abend Guten Tag, zählt die Stockwerke rückwärts. Beim Verlassen des Hauses trete ich auf den Mantelsaum der Berge. Schon ist die weiße Katze da, klagt, will wissen: Is there anybody in there? Ich frage: *Is there anybody out there?* Und gehe. Der Basar geschlossen, Feiertag, keine Telefonkarte, kein Geldumtausch. Morgen wieder.

Blumenhändler stehen an Ecken und Kreuzungen, ihre Autos verwandelt in Blumenständer. Dicke Bündel von Narzissen, gelbe Lichterglocken, Hyazinthen, gebunden, gesteckt, Lilien, Bartnelken, blaue und goldene Rosen. Sie kommen von draußen, von den Feldern, bringen Hochtäler und Ebenen mit. An den Rändern der Straßen offen strömendes Wasser aus den Bergen. Überall

Bäume, mit grünem Scheinwerferlicht angestrahlt, auf das ich sofort reinfalle. Hier wachsen erleuchtete Bäume. Im Park des Cinema-Museums hält die Zeit an, wälzt sich unter Büschen, paradiert mit den großen Krähen über Wiesen und Teppiche, auf denen Familien sich ausbreiten. Über ihnen in den Kronen der Bäume krächzen Papageien, die sich mit ihren dunklen Widersachern streiten.

Es gibt Filme, die in uns den Wunsch hervorrufen, in ihnen herumzugehen, den Wegen ihrer Landschaften zu folgen, das Dorf am Hang zu entdecken, seine steilen Stufen, engen Gassen. Und es gibt Länder, die wie Filme sind, die wir anschauen, und das Gefühl nicht mehr loswerden, hier schon gewesen zu sein.

Gekommen bin ich in Gesellschaft der Kinder, dem Kino ihrer Schatten auf den weißen Segeln an den Wäscheleinen. Und mit Filmen von Kiarostamie, in die ich eines Tages von Indien her, zusammen mit Kamal, Natascha, Abdul und Helmudo, ausgewandert bin. Bis nach Teheran. Das ich zum ersten Mal in *Close up* gesehen habe. Seine Straßen, Taxifahrer, Busse, das Herbstlicht, die Blumen, der Fahrtwind. Ein kleines Programmkino in Basel. Ende Mai und es regnet seit Tagen. Der große Fluss führt Hochwasser. Das Wasser braun, röhrt, gurgelt, droht über die Ufer zu treten. Die Fluten haben Baumstämme, Wurzelwerk, Teile von Zäunen mit sich gerissen. Das Kino nicht weit vom Hafen in einem Hinterhof. Zwischen Tankkesseln, Gleisanlagen, Loks, umgeben von Fertigungsgebäuden, wo sie noch immer Gift für die ganze Welt mischen. Nur wenige Zuschauer sind da, ein Aufpreis ist zu bezahlen, der Film schwer zu beschaffen. Es gibt eine Einführung. Ein Mann hört nicht mehr auf, alles zu dem Film zu sagen, was nicht sagbar ist. Er kennt den Film besser als der Film sich selbst und will nie mehr aufhören. Irgendwann, als neben mir schon zwei Zuschauer tief in die Sessel gesunken schnarchen, gibt er auf, und der Film kann anfangen. Radikale Naheinstellung. Jede Aufnahme immer zweimal. Einmal für die Gerechtigkeit und einmal für die Ungerechtigkeit. Eine wirkliche Geschichte von der Liebe zum Kino, voll von Mitspielern, Träumern, Verführten. Es geht mir wie dem Hauptdarsteller; der Film ist mein Leben. Ich höre seinem kleinen, traurigen Sprechen zu, sehe, wie es in stiller Entschlossenheit etwas folgt, wovon es nicht mehr lassen wird. Dafür wird der Regisseur des Films schon sorgen.

Auch dieser Film Kiarostamis ist im Amt zur Förderung der intellektuellen Entwicklung von Kindern und Jugendlichen entstanden, Kanun-e Parvaresh.

Ich weiß nicht, ob es noch existiert; wichtig ist nur, dass es einmal existiert hat. Ein Amt, in dem die Vögel Attars arbeiten. Jene dreißig Vögel, die auf der Suche nach etwas, das sie mehr angeht als sie sich selbst, immer weitersuchen und dabei etwas begegnen, das älter ist als sie, größer, dessen Name lautet: Dreißig Vögel. Ich höre ihr Rascheln in den Zweigen, sehe in den Kronen der Bäume das grüne Licht. Sie warten auf mich. Bringen mir ihr großes Herz, ihren verzeihenden Atem, ihre kleinen Lügen und großen Ausflüchte. Zierliche, zauberhafte Wesen in Jacken und Pullovern, die ihnen zu groß oder zu klein sind. Sie treten in einem Film auf, der *Hausaufgaben* heißt. Jedes der Kinder hat seine nicht gemacht. Warum nicht? Immer wieder sehen wir den Regisseur, wie er sie ansieht, wie er mit ihnen spricht. Ein alter Zaubertrick lässt uns ihm zusehen, wie er sieht. Und seine Fragen gelten nicht nur den Kindern, auch der Schule, dem Lernen, der Not und den phantastischen Erfindungen der Kinder, mit denen sie ihr Leben bestehen. Viele von ihnen haben Eltern, die nicht schreiben und lesen können. Sie ertragen sie, nehmen sie auf sich, klagen nicht, wenn sie jemanden finden müssen, der ihnen den Text diktiert, den sie üben sollen, um ihn im Hausaufgabenheft am nächsten Tag nachzuweisen. Sie sehen ihren Eltern nach, dass sie keine Zeit für sie haben. Keinen Sinn für sie, und sie sind doch ihre Kinder. Die sie schlagen, weil auch sie geschlagen wurden. Weil das Eltern mit Kindern machen, egal, was das für ein Kind ist. Dann weichen sie ab, brechen in Tränen aus. Sie sind schlau, scherzen, schweigen. Alle sagen, auf die Frage, ob sie lieber Hausaufgaben machen oder Comics schauen: Hausaufgaben.

Was sind das für Kinder, die da in einem Blick auftauchen? Ein Blick wie ein Wunsch, der alles verwandelt. Wurden Kinder je so gesehen? Weißt du, was loben heißt?, fragt der Blick. Bist du schon einmal gelobt worden? Was wünschst du dir? Eine gute Note, sagt ein Kind. Hattest du jemals eine gute Note? Nein. Hattest du eine Auszeichnung? Nein. Wurdest du gelobt? Nein. Wenn du eine gute Note hättest, was würdest du dir wünschen? Das Kind überlegt lange. Braucht viel Zeit, bis es sich vorstellen kann, dass das überhaupt möglich sein könnte. Es sagt: Ein Plätzchen. Und bei zwei guten Noten? Zwei Plätzchen. Und bei drei? Es lächelt und glaubt vielleicht zum ersten Mal in seinem Leben an die Möglichkeit, eine gute Note zu bekommen. Drei, sagt es.

Eines scherzt, ist galant, findet Ausreden, die es dann selbst belächelt. Wie auch die anderen Kinder sagt es zunächst nicht, dass es geschlagen wird. Alle werden geschlagen, und sie schämen sich. Für sich und für ihre Eltern. Auf die Frage, wie sie geschlagen werden, sagen sie, dass sie das nicht wissen. Der fröhlich aufgeweckte Junge sagt, sein Vater sei dick, er brauche keinen Gürtel. Darum würden die Gürtel immer verschwinden, wären nicht mehr zu finden. Einmal, erzählt er, habe seine Mutter fünf Gürtel auf einmal gefunden, sie hat ganz vergessen, dass es sie gab. Hast du sie versteckt? Ja, sagt er und freut sich. Ein Kind weint nur, es kann nicht sprechen, es reckt immer wieder den Arm, zeigt mit dem Finger auf, als würde es ertrinken. Es bittet, dass sein Freund bleiben dürfe, neben ihm. Aber auch der beruhigt es nicht. Es sagt, es müsse in den Unterricht, es komme zu spät, es weint wieder. Sein Freund sagt, das sei so bei ihm, er habe Angst. Was für ein Unterricht denn jetzt wäre? Religionsunterricht, sagt das Kind unter Schluchzern. Ob es ein

Gebet könne? Der Junge nickt. Er wird gebeten, es zu sagen, und mit einem Mal ist er gehalten, klar, kein Weinen mehr, als spräche ein anderes Kind aus ihm und ist doch das eine: *Gott der schönen Sterne, Gott des vielfarbigen Universums, du, der die Venus erschaffen hat, die Sonne den Mond, die Berge und den Ozean, die lieblichen Farben der Bäume, die kleinen Flügel der Schmetterlinge und die Nester der Vögel, Augen für uns, all das zu sehen, Regen und Schnee.*

Und ohne dass es ausgesprochen werden müsste, fügt sich dem Gebet im Film die Schönheit der Kinder hinzu. Ihre Zartheit kommt aus ihrer Verletzlichkeit. Das ist die Kraft, die uns Kinder beibringen. Eine schwache Kraft, oft unerhört. Sie hat Geduld mit den Erwachsenen, der Schule, den Eltern. Sie kommt aus dem Wissen, wie verletzlich das Leben ist, wie schnell, wie jäh alles anders werden kann. Es ist da und dann nicht mehr, da und schon vorbei. Dazwischen liegen gewundene Wege durch weite Landschaften voller Staub. Sie führen über Berge, auf denen einzelne Bäume stehen, Antennen des Himmels mit Nestern aus Licht. Wege durchs Nirgendwo, die es nur gibt, indem sie durchlaufen werden: Kino der Kinder.

Die Filme, die im Haus des Freunds, dem Amt

zur Förderung der intellektuellen Entwicklung von Kindern und Jugendlichen gemacht werden, wissen, was mich in diesem Land nicht loslässt. Vielleicht kommt es aus der Kindheit des Lands, die sich verborgen und scheu in ein paar Filmen, in ungewisser Zeit sehen lässt. Da sind Kinder, ihr Geist, ihr Witz, ihre Kraft. Sie hören nicht auf, von dort zu kommen, wo sie in den Schulen, in den Dörfern, in den Zumutungen des Überlebens nicht nur überleben, sondern die genauesten Kenner dessen sind, was sie am Leben hält. Mehr als die Erfüllung ihrer Wünsche wünschen sie, wünschen zu können.

Kinder sind Realisten, sie müssen es sein. Das macht sie zu Künstlern des Überlebens. In einem anderen Film von Kiarostami über das Erdbeben von 1990 im Norden sagt ein Kind zu einem anderen Kind, dessen Schwester umgekommen ist, die gerade in die Schule gekommen wäre, dass es für sie vielleicht gar nicht so schlimm sei, nicht mehr am Leben zu sein, denn sie müsse dann keine Hausaufgaben mehr machen. Wo sind die aus dem Film jetzt? Sind sie hier? Sind sie da?

12

Versammlung des Kinos

Das Kinomuseum ist ein Palast im großen Park. Mit Brunnen, schmalen Wasserläufen, hohen Platanen. Nicht weit entfernt vom Tajrish-Basar, wo der Norden vor Anker liegt. Umtost von allen Straßen und Wegen der Stadt, die sich hier einmal um ihre eigene Achse drehen, zu sich kommen, weiterfahren. Viele Menschen unterwegs, festlich gekleidet. Im Park laufen Kinder um die Wette, Gesangsgruppen formieren sich in hellen Zelten, Chöre singen unter Anleitung von Dirigenten, Verkaufsstände mit altem Hippieschmuck aus Leder, Silberdraht, Perlen. Seit fünfzig Jahren das gleiche Angebot, nichts dazugekommen. In einem Gartenpavillon eine kleine Film-Buchhandlung. Auf einem Tisch das Buch von Nicolas Bouvier, *L'Usage du monde*. Das Cover ein Foto, wie er im ersten Stock auf der Terrasse über einer der vielen lärmigen Kreuzungen Teherans sitzt. Vor ihm das Heft, in das er das Buch schreibt, das vor mir zum Verkauf liegt.

Bevor ich ins Museum gehe, setze ich mich in eines der Cafés am Rand des Parks. Schon höre ich »*Ne me quitte pas*«. Pauls Lied. Hat mir gerade noch gefehlt. Lied des Sommers 82, mein langsamer Abschied vom Theater. Paul, mit dem ich mich zerstreite. Am Ende im Hotel Krafft in Basel wegen Max Frisch, Jahre später. Kennen uns seit der Jugend, aus einem ihrer vielen Leben, die nicht aufhören. Dramatisches Zentrum Wien, wo er die ratlosen Artisten unter der Zirkuskuppel inszenierte. Als selbst er träumte: *Ne me quitte pas*. Wie ergriffen er immer von diesem Lied war, wie er es sich vorsang und mit den Tränen kämpfte. Endlos auf der Reise nach Paris, verfolgt von den Gespenstern der belgischen Autobahnen, hartnäckig wie Pauls Erzählungen vom Empfang Kennedys im Garten seines Vaters in Frankfurt. Auf den Knien Kennedys gesessen, das vergisst du nie. Große Beschwörung. Geschmack der Mangos, die er ihm schickte. Jedes Jahr wieder, von Kennedy persönlich eingepackt, dunkelblaues Papier. Ein Leben lang, bis nach Teheran. Wie in Cechovs Kirschgarten, alle Bäume seit hundert Jahren gefällt und du singst »*Ne me quitte pas*«.

Im Museum geht die Komödie weiter. Filme wie nie gewesen. Wände voll mit Plakaten, Fotos von Filmszenen, Drehbücher in Glasvitrinen. Die Folge der Einstellungen, ein Film aus den dreißiger Jahren, hinskizzierte Palmen, Straßen, Häuser, Lichtwinkel, Pfeile. Alte schwarze Kameras schauen wie der Mond. Überall stehen Pokale, Goldene Bären, Eulen, tragen Pelze aus Staub. In Kästen Medaillen an bunten Bändern. Im Keller bleich gewordene Kulissen. Ein nachgebautes Fernsehstudio, aus dem das Neueste vom Krieg berichtet wurde. Erster und zweiter Golfkrieg, später der gegen den Irak. Stacheldraht, Hubschrauber, die Rückwand aus Wellblech. Vorn eine Uniform, steht aufrecht im Wüstensand. Leerer Soldat mit Helm und Gasmaske als Krone der Gedächtnislosigkeit. In seinem Hemd, unterhalb des Herzens, ein kleines Einschussloch, wenig ausgefranst, rötlich verfärbt. Gleich daneben an der Wand Aufnahmen berühmter Kinderdarsteller. Hinter Glaswänden steht ein riesiger grauer Bär, sein Körper ein birnenförmiger Sack mit Kopf drauf. Hinter ihm Filmbilder, auf denen er mit wirklichen Menschen eine Dorfstraße entlanggeht. Beliebter Held einer Kinderserie, in der auch Mäuse eine wichtige Rolle spielten. Sie haben Ringelsocken an, Hosen, Hemden, ihre Zähne stehen wie bei Hasen vor. Sie hocken in Schulbänken, tuscheln, sitzen apathisch neben Kassettenrekordern, als hätten sie zu viel Opium geraucht. Oder sie spielen Gitarre und tragen einen Mexikanerhut. Es gibt Frösche mit Kopftüchern, einen kleinen Bären, der wie ein Igel aussieht und vielleicht das Junge vom großen ist. Sie schauen mit aufgerissenen Augen, würden gerne weiterspielen, zur Schule gehen, lernen, Unsinn machen, wie im richtigen Leben. Ihre Filme sind längst abgedreht, die Serien, in denen sie sich austoben konnten, aus dem Programm genommen, ihr Leben zu Ende. Finden hier ihr Gnadenbrot. Wand an Wand mit dem nachgebauten Zimmer eines berühmten persischen Sängers. Mit Bett, Teppich, Nähmaschine und Grammophon. Wen ich auch frage nach den Figuren, alle kennen sie. Waren ihre Kinderfreunde, als sie noch zum kleinen Volk der Lunatics gehörten.

Wieder draußen, bin ich benommen von den Fotos, Plakaten, Puppen, ihrer Entrücktheit in entleerter Zeit, die sich überall in den Räumen breitmacht. Wächter, die darüber wachen, dass nichts sie stört. Schon vor der Schließung wollen sie, dass ich das Museum wieder verlasse. Begleiten mich mit Taschenlampen zum Ausgang, schauen mir nach, ob ich auch tatsächlich rausgehe, draußen bin. Und sie wieder alles abdichten können. Hausmeister des Jenseits, die wissen, dass die Zeit, für die sie arbeiten, eine andere ist als die, die sie hüten.

Auf den Treppen des alten Palasts stehen Paare, sitzen zwischen ersten Blumen auf dem Rasen, machen Fotos. Posieren mit angehaltenem Atem, wollen ein schönes Bild abgeben, alles festhalten, die Unvergänglichkeit beschwören. Aus der sie vielleicht eines Tages auftauchen werden. Schauen dann aus nach sich auf den kleinen Leuchtfeldern ihrer Handys. Sind das da sie? Getroffen? Auf der Welt? Wann, in welchem Leben? Oder kommen sie erst noch?

Ich lasse mich treiben, spüre, wie das Licht sinkt. Kaum merklich zieht es sich aus dem Tag zurück. Die Zeit des Weniger bricht an. Etwas löst sich, erhebt sich, unentscheidbar, ob es in mir oder um mich her geschieht. Stunde der blauen Augenblicke, des Wahnsinns, die für jede Stadt schlägt. Zeit der Abweichung, wandert von Stadt zu Stadt mit wehenden Kleidern, rührt sie an, bringt ins Schwanken, was so gewiss schien. Das Licht wird das Licht, die Berge die Berge.

Alles wird davon ergriffen, spielt das Spiel der Anwesenheit, großes Theater. Lass mich das auch noch spielen, sagen die Vögel. Ebenso die Bäume, Reifen, Dächer, Lumpensammler, die Goldfische in den großen Plastikwannen vor den Geschäften, auch die Kinder, die auf der Straße sitzen und bunte Zettel mit Gedichten von Hafiz verkaufen. *Hör ich des Wonnevogels Flügelschläge? / Schickt Düfte mir der Wünsche Rosenflur? / Wie, oder spricht der Wind von Seiner Lippe? / Kurz, ich vernehme Wunderbares nur.*

Und da wir nicht gestorben sind, stehen wir nun mitten in der Stadt zwischen Bergen und Straßen, Passanten, Autos und Fahrbahnrändern, umschlungen von den zarten Bändern des Abends.

An einer Baustelle versuche ich ein Foto von den Arbeitern zu machen, wie sie in schwindliger Höhe über blaue Eisenträger laufen. Sie schleppen Werkzeuge über die Träger, ziehen Muttern nach. Bald Feierabend, letzter Akt, alles ohne Netz. Geben noch einmal das Beste.

Gerippe dieser Rohbauten ragen überall in der Stadt in die Höhe. Zurückgelassen, einfach aufgehört. Stehen als Wohnungen für die nächste Revolution bereit, wenn sich die Aufständischen erneut erheben. Zusammen mit all denen, die auf den Baustellen umkommen. Die Arbeiter sehen mich, winken, lachen.

In dieser Stunde lösen sich auch die Bänder um die Herzen der treuen Diener, der Kinder und Wächter. Heinrich, der Wagen bricht, ruft der junge König aus dem Märchen, und die fremde Stadt öffnet ihre Bühne. Scheppernd springen die eisernen Bänder ab, fallen in rascher Fahrt zu Boden. Die Kutsche des Königs und seiner Frau, das Kind hintendrauf denkt noch immer, es muss sie retten. Die kranken, die traurigen Eltern aus dem Krieg. Und es eilt über die Straße, den Reifen nach, gerade nochmal davongekommen.

Ich denke an die Düsterkeit Deutschlands. An Häuser, Büdchen, Badeanstalten in diesem Licht aus Asche und Ruß, in dem ich die Welt das erste Mal gesehen habe.

On the Road again, das Lied, das Licht, das noch schläft am Grund eines nächsten Tags neben der Jukebox. Auf dieser Reise mit der dünnen quietschenden Stimme des Sängers aus Amerika bin ich geblieben, seinem Falsettgesang für Straße und Himmel. Seine Freunde nannten ihn Blinde Eule. Wie das Buch eines persischen Dichters. Eines Morgens, Paris in der Rue Championet, liegt er in der Küche neben dem Gasherd. Sein Gesang hebt so an: »*Es gibt im Leben Wunden, die wie die Lepra, langsam, in der Einsamkeit an der Seele zehren.*« In der Stunde, wenn die Berge wie das Land werden und das Land wie das Licht, wenn Anblicke sich wellen, hauchdünne Oberflächen werden, Haut des Tages, die sich zur Nacht legt. Für kurze Momente wird anstelle der Welt ihre Ferne deutlich, und wie wir uns in ihr verlieren. Versammlung all dessen, was an uns denkt, als dessen Traum wir über die Erde laufen.

13

Wenn die Berge sich erheben, lichten die Gärten ihre Anker.

Schon bald zieht der Mond auf. Ich gehe auf den schmalen Trottoirs die Reihen kleiner Geschäfte ab, von ihren Glühbirnen erleuchtete Kähne auf hoher See. Hochbetrieb in der Bäckerei, vorbei an der Schlange der Brotkäufer neben dem eisernen Tisch aus Gitterdraht, die Bürste an einer Kordel festgemacht, zum Abbürsten des Mehls. Über den Arm gebreitete Brote wie Tücher, noch warm. Daneben die Konditorei, viele BMWs davor, im Schaufenster eine Torte, die wie der Kopf von Michael Jackson aussieht. Er ist eine Schokoladentorte, wiederauferstanden von den Toten, Halluzination des Konditormeisters, er grüßt die Passanten: Friss oder stirb.

Kurz vor meiner Abreise habe ich zur selben Stunde Kamal in Bern getroffen, wo ich so gut wie nie bin. Den alten Indienfahrer am Kopf der

Brücke, die sich weit über das tief eingeschnittene Tal der Aare spannt. Allein die Brücke reicht, um seekrank zu werden. Wie kommt er da hin? Ist er nicht in Berlin, Kalkutta, Mumbai? Muss ja sein, denke ich. Der Gesellschaft der Indienfahrer entkommt keiner. Schon als Kind im Eissalon Santin, dann morgens, kaum setzt der Schülerbus uns ab, schnell ins Eiscafé Monti, Kaffee, Zigarette, Dylan, *A hard rain's a-gonna fall.* Und wo warst du? Was hast du gesehen? Wen getroffen? Ein Kind neben seinem toten Pony. Dann schnell, losrennen, fast nicht zu spät, erste Stunde Geographie bei Krämer. Kein Land, keine Ferne, keine Hoffnung. Tote Welt auf Landkarten, ihre Grenzverläufe, Hauptstädte, Bodenschätze, ihr Bruttosozialprodukt.

Kamal kommt mir von der gegenüberliegenden Seite entgegen. Hinter ihm formiert sich das Panorama der Alpen. Im Countdown, um abzuheben, mit Feuerschweif ins All. Ende Februar, der Tag viel zu warm für die Jahreszeit. Seit Tagen nur Sonne, klares Licht und die Berge steigen zum Himmel, immer weiter, kleben schon dicht unter der Decke. Mit ihnen die ganze Stadt. Das Licht rosa, die Berge leuchten von innen. Vielleicht sind sie auch gar keine Berge. Reine Erscheinungen, versteinerte Luft mit Schnee auf den oberen Hängen. Als Berge verkleidete Gespenster. Schwört, rufen sie und rasseln mit ihren Ketten. Sie kommen von Genf her, schlafen nachts in den Weinbergen.

Touristen laufen mir in den Weg. Japanerinnen wollen die Berge fotografieren, die gerade dabei sind in den Himmel aufzugehen. Das muss festgehalten werden. Zwischen ihnen Kamal, seine blaue Daunenjacke wie aus einem Heimatfilm. Haben uns seit Detroit nicht mehr gesehen. Unsere Reise in die sternenferne Stadt. Noch einmal nach Indien, haben wir uns gesagt, nur von der anderen Seite her. *Death, Destruction and Detroit.* Wir halten inne. Was? Wir? Flüchtige Aufnahmen der Japanerinnen, aus ihrem Speicher entkommen, freigelassene Ansichten in der Stunde des Übergangs? Gehörst du dazu?, ruft Kamal. Ich nicke und die Japanerinnen verwandeln sich in einen schwirrenden Schwarm, zwitschern, stieben davon.

Wo hast du Mutter Teresa gelassen?, sage ich. Dann fallen wir uns in die Arme.

Darum bin ich hier, sagt er. Tatsächlich Mutter Teresa. Letzte Gelder für den Film. Der Dreh steht. In zwei Monaten Kalkutta, endlich.

Super, sage ich, Mutter Teresa antwortet und ich treffe dich am Kopf der Brücke, dazwischen der Abgrund. Cut.

Ich sehe uns am Brückenkopf stehen, als wären wir immer noch auf der Reise zum Mond. Mag der auch ein alter, schrumpeliger Luftballon sein, der auf dem Wohnzimmerschrank langsam kleiner wird, wie wir.

Kamal?, flüsterte ich über meinem Reis mit Sauerkirschen. Ich sitze am Fenster, in einem Restaurant, erster Stock. Begreife langsam, dass ich in einen Garten sehe, der mir aus der Dämmerung hervorkommt, vor den Augen aufgeht. Verborgenes Gebiet hinter den großen Scheiben des Lokals. Wie losgelöst, nur dieser daliegende Garten, unerwartbar auf der anderen Seite der lauten Straße. Wie bin ich hierhergekommen? Wer hat mich bedient? Der gelbe Reis, die roten Kirschen, Safrantee. Im Zentrum des Gartens sein glitzerndes Auge, Wasserbecken, blasser Spiegel des Himmels, der sich auch an diesem Abend in sein Abbild versenkt. Alles an seiner Stelle, dicht gegen außen, reines Innen, in einen Schlaf, einen Winter versetzt, mehr als hundert Jahre schon. Ein paar hohe Kiefern, gewundene schmale Wege, Efeufelder, am Boden kriechend, eine helle Holzbank neben dem langen rechteckigen Teich. Seinem Herzstück aus Wasser. Blätter treiben auf seiner Oberfläche, unter der die Tiefe ruht. Die Bank hält Plätze frei. Werden bald die Sterne kommen? Aufziehen, sich auf der Lehne der Bank niederlassen, einer neben dem anderen? Sie werden ihren blinkenden Spiegelbildern zuschauen, wie sie über das Wasser dahintreiben, sich die Nacht um die Ohren schlagen. Wagen kommen zum Teich, Schlangenträger, Gürtel und Schwerter, Zwillingsbrüder, Hunde und Supernovas. Immer bedacht, ihren Bildern treu zu bleiben. In den Beeten ruhen die Blumen, der Frühling zögert. Auf dem Dach eines niedrigen Schuppens Herbstlaub. Das neue Jahr liegt noch bei den Narzissen, den Tulpen, unter der Erde im Winterlicht.

Der Garten schläft nicht. Er hat Zeit, träumt wie Dornröschen, dass eine schreckliche Wunde, ein tödlicher Zauber durch hundertjährigen Stillstand überlebbar wird.

Dann gehen Lampen an, wenige, schwache Lichter, niedrig über den Beeten angebracht. Ein Alter tritt von der Seite her in den Garten. Vielleicht hat er dort schon lange gestanden, auf seinen Auftritt gewartet. Ich sehe ihn erst jetzt. Langsam geht er. Zählt seine Schritte, den Herzschlag, die Blätter, die Stunden der unbezeugten Zeit. Er läuft um den Teich, eine Katze gesellt sich ihm zu. Irgendwann kann ich sie nicht mehr erkennen. Glitzernd, in der Mitte des Gartens, liegt das Wasser ganz still.

Das Restaurant wird mein Stammlokal. Bald jeden Abend bin ich dort. Die Kellnerinnen und Kellner wissen, wo ich sitzen will. Immer schaue ich in diesem Garten seiner angehaltenen Zeit zu.

14

Jalehs Salon

Durchsichtiger Tag. Folgt nicht der Folge, ist da, wie die abschüssige Straße vor mir, weder notwendig noch zufällig. Schmal, ruhig, Bäume, die sich entlang niedriger Häuser aufreihen. Luftiger Zaun auf beiden Seiten der Straße, dazwischen Autos wie Schafe auf der Weide, stehen quer, längs, übereinandergetürmt. Bin ich denn wieder auf einer dieser gebogenen Seitenstraßen in San Francisco, taucht jeden Moment das Meer auf, blau und ewig?

Eben noch über die Highways gefahren. Von einem zum nächsten, dazwischen Kreisel voller Blumen, die Straßen mindestens vierspurig, beliebig auffüllbar. Die Autos im Pulk wie Herden, die dem nächsten Wasserloch zutreiben, drängeln, ausscheren, einmal quer über vier Spuren wechseln, zurücksetzen, eilig und geduldig zugleich.

Jaleh wohnt im Norden. Als ich ihr vorschlage,

ich könne auch zu Fuß kommen, lacht sie. Die Fahrt dauert mehr als eine halbe Stunde. Das kenne ich von meinen Ausflügen zu den Bergen. Vor meinen Fenstern zum Greifen nah, doch sobald ich versuche, mich ihnen zu nähern, dehnen sich die Wege, werden länger, die Berge weichen zurück. Jeder Ausflug in ihre Richtung vergrößert nur den Abstand. Von Tag zu Tag wächst sich der Norden aus, werden in der Stadt weitere Landschaften angespült, kommen Steppen, Wüsten, Hochebenen zusammen, gehen ineinander über und trennen sich wieder. Ziehen auf den großen Routen von Wüste zu Wüste, von Gebirgszug zu Gebirgszug, auf den Spuren eines entlegenen Lands.

Die Taxifahrer dieser Stadt sind Wind, Sand, Land. Wächter der Wege, überbringen Entfernungen, ihre Botschaften sind verborgene Gebiete. Sie erschaffen Straßen, Wege, Autos, sind Reifen, Lichter, Motoren. Als Nomaden kennen sie den Fahrtwind und die Richtungen, die sich schneller drehen, als wir folgen können. Sie kennen den Sturm, seine Stille davor und danach. Sie kennen die Posten, fahren von einem zum nächsten, dazwischen vermehrt sich der Raum. Sie lesen die Stadt, die sie liest. Treiben ihre Wüsten und Steppen zusammen, hocken an Straßenecken neben ihren Tieren, braten auf kleinen Gaskochern Eier, trinken Tee, reden im Kreis, vier, fünf Fahrer, verhandeln, wer fährt. Letzter Bissen Brot mit Ei am Straßenrand, ihr Stand, wo die Zelte aus Ziegenwolle stehen. Wie alle Nomaden erzeugen auch sie ihre Wege, indem sie selbst welche werden. Wege, die es nur gibt, indem sie erfahren werden.

Sie sind Wüste, Steppe, kühles Tal, finden die alten Weideplätze. Bringen mich wie im Schlaf durch die Zonen. Kennen die Übergänge, die Pässe, die nächste Quelle. Sobald sich die Sonne erhebt, ziehen sie weiter den Routen des Lichts nach. Alles in diesem Land ist in Bewegung, geht über die Zeit und hält an. Wie die Landschaft, die sich auf den Rücken ihrer Tiere durch sich selbst bewegt. Schafe, Kamele, Pferde, Autos. Unterwegs in unbezeugter Ewigkeit. Nachts schläft sie im Kreis der Schafe mit ihren zusammengesteckten Köpfen. Bewacht von den Hunden, mit nur leicht geschlossenen Augen, ihre Beine von sich gestreckt, mit denen sie jedes Geräusch hören können.

Früher Abend, ich zeige dem Taxifahrer Jalehs Adresse auf meinem Handy. Er nickt, sagt den

Preis. Ich nicke, steige ein. Hinter einem Park mit Blumengeschäft an der Ecke biegen wir in die kleine Seitenstraße ab. Sofort ist es ruhig. Der Taxifahrer deutet auf ein weißes Haus, ich zahle, steige aus, will weiter die Straße runter gehen, nachschauen, ob das Meer da ist. Er bedeutet mir, dass ich zur Türe gehen soll, klingeln. Ich winke ihm, gebe Zeichen, dass alles in Ordnung ist. Er kann fahren. Nein, er bleibt, wartet, passt auf, dass ich an der richtigen Adresse bin und nicht in einem dahergelaufenen San Francisco der Erinnerung nach dem Pazifik suche. Vielleicht hat ihm Jaleh auch aufgeschrieben, er solle bitte darauf achten, dass ich in Empfang genommen werde. Sie schaut am Fenster raus. Erster Stock, ruft sie. Der Türöffner brummt, der Taxifahrer lacht, winkt zum Abschied, fährt davon.

Jaleh kenne ich über eine Freundin aus der Schweiz. Beides Künstlerinnen, haben sich im Jahr zuvor in einem Hotel in Isfahan kennengelernt. Ich schreibe ihr, dass ich bald nach Teheran reise, und sie antwortet, komm vorbei. Wie in vielen Häusern Teherans steht das Erdgeschoss voll mit Autos. Als wären sie Tiere, die über Nacht nicht auf der Straße zurückgelassen werden können. Ich steige die Treppe hoch, gelbes Flurlicht,

Jaleh an der offenen Tür. Langes blaues Kleid, die Haare kurz mit Pony, ihr Lachen verschmitzt. Ich lege das Kopftuch ab, stehe in einem großen Loft, nach allen Seiten offener Raum. Noch bevor ich mich weiter orientieren kann, kreuzt ein blonder junger Mann auf. Kommt aus den hinteren Räumen, bewegt sich mit lockerer Selbstgewissheit im Habitus des Westlers. Er lächelt, gibt mir die Hand, der Film reißt und nach dem Pazifik läuft mir Bob in die Arme. Oder heißt er John? Sein Englisch ohne Akzent, er nickt. Aber wohin mit ihm?

Paris, Exil, aber welches? Vor dem Krieg, nach dem Krieg? Das ausschweifende Leben der Boheme, Flucht, Kunst, Opium, die Jugend zwischen den Kriegen, vor und nach den Revolutionen. Paris, die Stadt mit dem Fluss und der Frau. Annemarie Schwarzenbach, Schweizer Schmerzensfrau. Edel, reich. Eine der wenigen, die weiter als zum nächsten Bahnhof gefahren ist. *Tod in Persien*, *Glückliches Tal*, habe beide Bücher dabei. Klaus Mann davon die deutsche Seite. Sein *Vulkan*, die *Symphonie Pathétique*. Mechthild, Halbwaise wie ich, legt ihn mir ans Herz. Seinen *Mephisto*, später von Mnouchkine in Paris inszeniert, Theatre du Soleil. Damals unsere Träume, zu dieser früheren Generation zu gehören. Dass wir wie sie kämpfen, widerstehen, fliehen, fortmüssen. Zwei Halbwaisen, gerade mal zwanzig Jahre alt, sitzen in Gießen in einem Zimmer unterm Dach, stellen sich Paris vor, hoffen, dem Schmerz zu entgehen, der zu ihnen gekommen ist. Bei Jaleh empfängt mich das Licht aus dem Zimmer einer gottverlassenen Universitätsstadt. Der Tod eines Elternteils, der unsere Jugend beendet hat. Mechthilds Mutter liegt auf dem Sofa und liest bis zuletzt Proust. Mein Vater geht mit den Katzen über die weiten Felder und kommt nicht mehr wieder. Wir verlassenen Kinder in unserem Schmerz und dem Wunsch, ihm entgehen zu können. Wären wir nur andere, woanders, wären wir nur so verloren und exiliert wie die, deren Bücher wir verschlingen. Traum von Paris in Gießen, Mitte der siebziger Jahre hier im Flur. Haus der Freundin und vor mir steht John oder Bob. Kulturattaché wie Andreas, dreimal kannst du raten welche Botschaft. Die amerikanische nicht, die englische auch nicht, also Australien. Gleich darauf taucht hinter ihm eine junge Frau auf. Blond wie John, lange Haare, neugierig, stürzt sich in die Begegnung, ist sofort nah, kichert, immer ein bisschen laut und zu viel.

Sie ist Künstlerin, teilt ihr Atelier mit Jaleh. Ich

zögere, zu nah und zu fremd, versetzt in der Zeit, zu schnell, im Raum, diese Nähe. Und du, was machst du hier?

Alle tun, als sei alles, wie es ist, schon längst bekannt. Als hätten wir uns vor wenigen Tagen das letzte Mal gesehen. Da sind wir, sitzen in einem der vielen Cafés in der Fisherman's Wharf, lesen in den *Jahrestagen*, Uwe Johnson, Ausflug vom Riverside Drive New York nach San Francisco. *Gesine Gresspahl*, Mecklenburg, wie klein die Welt. Jahre später mit meinen Cousinen im gleichen Rainbow Café, die alte Besatzung des Raumschiffs der Kindheit. Jeden Tag fahren sie mit der Cable Car, kaufen sich eine Dauerkarte. Sie wollen von der Stadt nichts anderes wissen als dieses Rauf und Runter der Bahn, der Aussichten, wie sie auftauchen, verschwinden, wiederkommen. Mondfahrerinnen wie ich, das wird mir im Loft von Jaleh schlagartig klar. Endlich verstehe ich, warum sie mich jeden Tag allein in der Stadt herumgehen ließen und stattdessen ihre Fahrten mit der Bahn absolvierten. Rückkehr des Kinos der Kinder, wehendes Meer von Leintüchern, das sich vor uns ausbreitete, hinter uns zurücksank. So fuhren sie durch die Tage in San Francisco. Als käme die Ordnung der Welt noch immer aus dem

Hof der Großmutter, wo sich Wege verbinden, Türen offen stehen. Seine Festigkeit trage ich mit mir, gerade über die Schwelle getreten.

15

Lepra

Es muss in der Quinta oder Quarta gewesen sein, einer dieser Morgen in der Schule, und ich weiß nicht, ob ich wirklich auf der Welt bin, und wenn doch, dann kann das nicht die Wirklichkeit sein. Am Pult vor uns Frau Soboczynski, Religionslehrerin. Sie stampft mit den Füßen auf, redet zu laut, macht böse Witze über unsere Faulheit, wie blöd wir sind. Sie schlägt auf den Tisch, ruft Donnerwetter, Blitz und Doria. Ihre Haare trägt sie kurz geschnitten. Erzählt uns von der Evangelischen Bethel-Mission in Deutsch-Ostafrika, die später Heimstätten für behinderte Menschen in Bielefeld betreibt. Den Genozid an Herero und Nama gibt es nicht. Aber Lepra. Die breitet sie vor uns aus, schildert die Entstellungen, den Aussatz, die Isolation der Befallenen vor den Toren der Stadt, ihre Absonderung; Strafe Gottes. Zu jeder Stunde bringt sie eine kleine bräunlichgraue Pappschachtel aus irgendwelchen Kriegsbeständen mit. Auf dem Deckel steht in großer schwarzer Druckschrift BETHEL. Darunter ein breiter, kurzer Schlitz. Sie klappert mit der Dose. Wir sollen Geld reinstecken, eine Spende, Zahlung, Abbitte für unser Leben. Sofortiges Gefühl von Entrückung, Lepra der Wörter. Kommt aus der Tiefe des Fleischs. Die Stunden wiederholen sich, sie spricht von Küchen und Schlafräumen in Bethel, den Behinderten dort, auch Leprakranke darunter. Das ist unser Religionsunterricht. Wir sitzen ihr gegenüber, Mädchen kurz vor der Pubertät. Sie macht uns krank, unsere Nasen weggefressen von der Lepra. Aus unseren Jacken ragen Armstümpfe, die Beine ohne Füße, die Hände liegen irgendwo abgefault im Papierkorb. Wir schreiben mit dem Mund. Wenn wir doch noch Füße haben, mit den Zehen. Wie die Maler der Postkarten, die jedes Jahr zu Weihnachten verschickt werden. Mundgemalt, fußgemalt, die Lepra ist wie der Krieg. Zerreißt uns in wirkliche Schülerinnen und deren unwirkliche Gegenwart. Das Klassenzimmer wird zum Ort der Verbannung. Die Kontinente der Erde heißen Lepra, Pest, Cholera, Tuberkulose.

Frau Soboczynski bringt uns die Endlosigkeit

von Krieg, Genozid, Leugnung bei. Alles, was es nicht gibt, was überall geblieben ist, weitermordet, vernichtet. Was uns heimsucht am Morgen in der Schule, im Unterricht, vor dem wir nicht sicher sein können. Wie die Verrückten spenden wir. Stecken unser Taschengeld in den dicken Schlitz einer Pappschachtel. Und wissen, dass wir verloren sind.

Die Erinnerung an Frau Soboczynski ist, was nicht wahr sein kann. Bis heute nicht, bis hierher in Teheran nicht, nicht im Haus der Freundin. Dann kommt Maryam, die Philosophin. Ihr Haar kurz, lockig, grazile Erscheinung, rote Fingernägel, ruhig. Bringt Sanftheit mit sich, die mich sofort für sie einnimmt. Eine Form der Zurückhaltung im Schauen, Wahrnehmen, hellwach und doch fern. Zwischen uns gleich eine Verbindung, in aller Distanz. Feines Spiel von Nähe, in der die Ferne lebt. Eines Abends in Isfahan, auf dem Platz der Plätze; Weltraumstation, Garten, großer Teppich. Es ist noch Winter, das Frühjahr kommt tagsüber, erste robuste Pflanzen erheben sich in den Beeten. Nachts frieren die Wasserbecken zu. Es dämmert schon, ich gehe am Kopfende des Platzes, auf der gegenüberliegenden Seite des Eingangs zum Basar. Wo sich alle Gänge und

Wege bündeln, bevor sie ausgespien werden aus dem Inneren des überwölbten, abgeschirmten Stadtkörpers. Voll mit Nischen, Abteilen, Höfen, Kellern, Wänden, wo Menschen, Waren, Tiere umherirren, untertauchen, sich verwandeln. Ungewiss, als wer, als was sie wieder zum Vorschein kommen werden. Sie taumeln, drängen, sprudeln hervor aus dem Haupttor, noch lichtscheu, um sie herum das Freie, der Platz. Über dem der Himmel nistet, sein Licht ausbrütet, die Wolken, und seine Winde schickt. Durchsichtige Decke, die Kommen und Gehen beschirmt. Eingerahmt von Palästen, Moscheen, Geschäften, von Beeten, Wiesen, Wasserbecken unterteilt, die sich an warmen Tagen zum fliegenden Teppich verbinden. Auf denen Menschen Tee trinken, essen, schlafen, den Tag vertreiben, die Zeit totschlagen. Ganze Clans, ihre Kamele haben sie hinter den Geschäften festgebunden, in den staubigen Innenhöfen mit ihren kleinen Ställen, Werkstätten, Lagern, Beeten und Motorrädern.

Es wird schon wieder kalt, das Licht zieht sich zurück, ich gehe, staune. Die einzige Möglichkeit, diesem Platz zu begegnen; immer mit offenem Mund, den Kopf in den Nacken gelegt. Als ich an meiner Hand eine leichte Berührung bemerke.

Da stehen zwei ältere Frauen neben mir. Dunkel gekleidet, elegant, mit schwarzem, dünnem Schal um Kopf und Schultern. Sie schauen mich an, ruhig, freundlich. Eine von ihnen fragt, wo ich herkomme. Schweiz, sage ich. Sie lächelt, sagt, sie freue sich, dass ich hierhergekommen sei. Willkommen in meinem Land, sagt sie. Ihre Freundin nickt, betrachtet mich, die Szene hält den Atem an. Gleich darauf wieder eine Hand an meiner, durch den durchsichtigen Schleier des Gewands, kurz aus dem Schatten aufgetaucht. Sie lächeln, gehen dann weiter, drehen sich noch einmal um, verschwinden. Ich schaue ihnen nach, wie sie sich über den Platz entfernen, bleibe angewurzelt im Licht des sinkenden Tags, im Schatten einer Berührung, Haut der Bilder, so fern wie schön.

Die Begegnung mit ihnen tritt mir in Maryams Blick wieder entgegen. Sie steht neben den beiden Australiern, deren Gewandtheit keinen Schatten, kein solches Spiel kennt.

Der Kaffee ist fertig, ruft Jaleh. Langsam bewegen wir uns von der Türe weg, wechseln in den vorderen Bereich, zur breiten Fensterfront. Zwei Sofas, Sessel, ein kleiner Tisch voller Süßigkeiten. Von der Mutter gebacken zu Neujahr. Sie wohnt im Norden am Kaspischen Meer. Jaleh raucht.

Gegenüber der Sitzecke stehen die riesigen Rollen ihrer Gemälde. Mitten darin ihre blinde Katze. Hütet die Bilder mit Augen nur für sie.

Sie wollen wissen, wo ich wohne. Ganz in der Nähe des Palladiums, sage ich. Ja, das kenne ich gut, sagt Jane. Sie lacht, einmal und nie wieder. Wird in den Reiseführern als Harrods beschrieben. Kaufhaus für Reiche, die dort mit ihren großen Autos angefahren kommen. Überall Pförtner, Wächter, im Eingangsbereich Frauen, die Kosmetikartikel und Rosen anbieten, die ein Jahr halten. Große Lebensmittelabteilung, Restaurants, Kinderspielzeuggeschäfte, Brautkleidung, Buchhandlung. Als ich dort einen Schirm kaufen will, erzähle ich, haben sie mich durch alle Abteilungen, bis ganz oben unters Dach geschickt. Kinderabteilung, wo sie den letzten und einzigen Schirm des ganzen großen Kaufhauses anbieten. Er ist aus Plastik und so teuer, dass ich mit dem gleichen Geld ein Jahr lang jeden Tag mehrmals mit dem Taxi fahren kann.

Jane seufzt. Und warum Teheran?, will sie wissen.

Wegen Kyoto, sage ich. Wegen Isfahan, das so ähnlich wie Kyoto ist. Und wegen der Katze, mit der ich sprechen will. Ist meine alte Liebe. War mal ein Mann. Hat mir Tag und Nacht vom Gespräch mit der Katze gesprochen. Und wie so oft bei der Liebe ist sie für etwas anderes gut, als wir uns träumen lassen. Vielleicht ist sie die Suche und die Sehnsucht nach dem Gespräch mit einer Katze, das uns fehlt.

In Kyoto bin ich am Tag, an dem in Japan der Verschwundenen gedacht wird, zwei älteren Frauen in einem Tempel begegnet. Sie beteten für ihre Katze, die nicht mehr wiedergekommen ist. Brachten ihr Blumen, Räucherstäbchen, machten eine Prozession durch den Tempel. Am Ende ihrer Zeremonie verbeugten sie sich und sagten: Katze, wo auch immer du bist, Friede sei mit dir. Kurz darauf begegne ich ihnen wieder auf dem Platz in Isfahan. Sie berühren mich durch ihren Schleier, heißen mich willkommen, sagen, da bist du ja wieder.

Jane lacht, mein Vater sagt, alles in Persien erinnere ihn an Japan. Wo er mich als junge Studentin besucht hat.

Grüß ihn von mir, sage ich und denke, dass er eine Katze ist.

Ja, sagt sie. Wenn ich wieder in Canberra bin, die Wege ins Atelier sicher, keine Staus mehr. Nicht wie hier, wo sich unterwegs auf den Straßen die Zeit verliert. John drängt zum Aufbruch, die beiden verabschieden sich. Dann kehrt Ruhe ein. Wir schweigen, ich bitte Jaleh, mir ihre Bilder zu zeigen.

Große Rollen, die von einem Ende des Lofts zum anderen reichen. Ich schaue in dichtes Laubwerk. Sehe das Rauschen der Bäume, große grüne Segel in weiten Parklandschaften, irgendwo in Frankreich. Wir ziehen Kreise um die Bilder, beschweren ihre Enden mit Büchern und Schüsseln, wandern durch ihre Landschaften, wechseln von Schatten zu Licht, kommen zu einem Wasserlauf, einer kleinen, gebogenen Brücke, einem Springbrunnen mit dem Kopf des Poseidons. Der Wind läuft, die Katze setzt sich ins Laubwerk, irgendwann in meinem Leben, als ich gerade nicht da war, habe ich das schon einmal erlebt.

Unser Kaffee ist kalt geworden, zu den Fenstern schaut die Nacht herein. Jaleh erzählt von ihrem Stipendium in Südfrankreich, anschließend in der Cité internationale des Arts in Paris, gleich gegenüber von Notre-Dame. Letztes Jahr. Sie hat einen Mann kennengelernt. Überlegt, ob sie nach Frankreich gehen soll, heiraten. Kann sich nicht vorstellen, wegzugehen. Sie und Maryam wollen bleiben. Sagen, sie können nicht gehen, müssen bleiben, warten. Etwas wird geschehen, sagt Maryam, wir werden erwachen. Wir oder die kommenden Generationen. Nichts, wofür unsere Eltern und Großeltern gekämpft haben, ist erledigt. Es gilt. Unser Leben vergeht, wie das derjenigen, die vor uns gelebt haben. Das ist so, seit wir leben. Die Diktatur sind längst wir geworden. Sitzt in uns, lebt unser Leben. Jede Einzelne von uns ist die Diktatur, deren Ende wir erwarten, deren Ende gewiss ist. Es wird eintreten, auch in uns. Bis dahin leben wir weiter.

Wir hören ihr zu, folgen der Karawanenmusik, die aus den Schatten kommt. Und ich sage, bin ich also zu euch zurückgekehrt, um zu sehen, dass ich vergangen bin? Was sich auf Englisch halb so wild anhört. Jaleh raucht, wir trinken kalten Kaffee. Später rufen sie mir ein Taxi, klären Preis und Weg, übergeben mich. Ein trauriger Fahrer. Er setzt mich vor meiner Haustüre ab. Da kommt schon die weiße Katze. Sie schreit: Anzio, früher Morgen. *When the Tigers broke free.*

Ja, sage ich. Friede sei mit dir.

16

Hosna, die Architekten aus Graubünden und Paris

Andreas lädt mich zu einer Lesung in die Botschaft ein. Kommt mich abholen. Ein Pavillon im Garten hinter dem klassizistischen Botschaftsgebäude, unter Bäumen, von Mauern umgeben. Der Abend ist kühl, der Himmel bedeckt, das Frühjahr schläft mit den Vögeln in den Hecken. Auch hier, wie in allen Wohnungen, entledigen sich die Frauen beim Eintritt sofort ihrer Tücher, Mäntel und Umhänge. Ein großer heller Raum, Fenster zum Garten, auf einem Tisch an der Seite ein Berg Erdbeeren, Tassen für Tee und Kaffee, Gebäck. Wer, um Himmels willen, kommt zu so einer Lesung? Maryam und Jaleh sind da, verstehen kaum ein Wort. Germanistinnen von der Uni kommen. Zur Kontrolle. Auch Filmwissenschaftler, Übersetzer, und viele Teheraner, die Deutsch können, in Deutschland gelebt haben, gerade zu Besuch in der Stadt, die Literatur lieben und Kant im Original lesen. Ich stelle ihnen mein Projekt vor. Rede von der Katze, der Liebe, von der Zeit und dem Alter der Persischen Kultur. Lese einen Satz von Foucault vor, den ich bei Schliemann gefunden habe. Ja, sage ich, dem Schliemann von Troja, bevor er Troja ausgräbt. 1865, kurz vor der von den Amerikanern erzwungenen Öffnung, reist er in ein Japan stillgestellter Zeit. Seinem Reisebericht vorangestellt der Satz Foucaults als Motto. Von der Vernunft, dem Abendland, dem Morgenland, ihrer schwindligen Grenze, dem Traum von Rückkehr und Ursprung, der uns bewohnt und als Wahnsinn heimsucht. Die Frauen von Kyoto gehören auch dazu, und kommen aus Isfahan. Wie die Küche meiner Großmutter. Die habe ich als Fenster und Lampe dabei. Was schreibst du wieder für einen Unsinn, sagt sie dem Kind, das neben ihr auf der Bank sitzt. Den Kopf auf das Heft gelegt, in das es Wörter schreibt zum Sammeln. Es schaut über den Tisch, will wissen, was die Kinder in anderen Ländern träumen. Stellt sich vor, wie sie ihre Mütter fragen, wie es kommt, dass die Schiffe sehen, wo es langgeht in der Nacht auf dem großen Meer. Und sie sagen, die Sterne. Ziehen das Wasser über die Erde. Auch den Mond, den Mars, den Merkur? Wo ist die Erde geblieben? Fragt nicht, sagen ihre Mütter. Und die Kinder segeln weiter über die Linien ihrer weißen Seiten.

Den kleinen Textauszug hat Vahid übersetzt. Auch die Beschreibung des Projekts. Lesen kann ich die Zeilen nicht, nur anschauen, wie viele kleine Federn reihen sich die Buchstaben aneinander. Vahid gilt als einer der besten Übersetzer aus dem Deutschen. Er nennt sich Wien. Von dort kommen die ersten großen Orientträumer mit ihren Übersetzungsschiffen. Sitzt mir gegenüber. Gibt mir die Wörter ein.

Dann lese ich ein Kapitel aus meinem Buch der Indienfahrer. In dem Kamal, Helmudo, Natascha, Abdul und ich eines Nachmittags Indien verlassen und in einen Film von Kiarostami auswandern. So kommen wir schon vorher nach Teheran, fahren durch seine Straßen, kaufen Blumen, sitzen in Häusern, wollen nicht mehr weggehen, für immer im Film bleiben. Wie früher, als ich ein Kind war und im Fernsehen alles gut endete.

Gleich nach der Lesung fragt die Germanistikprofessorin, ob ich etwa wie Hubert Fichte schreibe? Nein, sage ich, auch wenn ich gerne so schreiben würde. Sie lässt nicht locker. Ob ich etwa schreibe wie Ingeborg Bachmann? Das nun wirklich nicht. Und Ilse Aichinger? Da kann ich beinahe nicht widerstehen. Aber nein, nein. Ich weiß noch nicht, wie ich schreibe, sage ich. Ein älterer Herr sagt, wie schön die Sprache sei. Er wackelt mit dem Kopf, seine Frau lächelt. Sie sind zu Besuch, sonst in Österreich. Ich habe Humor, sagt Mina, hat sie gleich gesehen. Als ich von Farhad erzähle, springt ein Mann auf und sagt, das ist mein Freund. Er ist Übersetzer, gibt mir seine Karte. Ein Filmwissenschaftler sagt, wie gut ich das mit dem Film beschrieben hätte. Ich solle zu ihm in die Uni kommen und seinen Studenten beibringen, wie das geht. Der Botschafter musste für Verhandlungen in die USA. Seine Frau ist da, sein Sohn auch, hat gerade Abitur gemacht. Will wissen, wie man Schriftsteller wird. Schreiben, sage ich. Dann geht es zu den Erdbeeren.

Während der Lesung sind Gäste dazugekommen. Zwei junge Deutsche, die bei der Deutschen Botschaft arbeiten. Seit vier Tagen in der Stadt, kennen sich noch nicht aus, der lange Weg vom Zentrum in den Norden, überall Staus. Auch die Architekten aus Graubünden mit ihrer Reiseführerin Hosna. Etwa dreißig, aufgedonnert, die

Haare hochgesteckt, Schuhe mit dünnen Absätzen, im silbrigen Minikleid. Sie kommt auf mich zu. Entschuldigt sich für die Verspätung. Ob ich Lust hätte, morgen mit ihnen eine Stadtführung zu machen, Bauten der Moderne. Sie hätten noch einen Platz frei. Das Letzte, was mir einfallen würde. Die Architekten nicken mir freundlich zu. Drei nicht mehr junge Männer aus den Schweizer Bergen, die sie noch lange jung aussehen lassen. Haben eine kurze Rundreise durch den Iran hinter sich. Wollen noch was von Teheran sehen. Fliegen in der nächsten Nacht wieder zurück. Warum nicht, sage ich. Und Hosna schickt mir später am Abend die Adresse des Hotels, wo wir uns treffen.

Am Morgen strahlt der Himmel, nach Tagen des Regens Sonne. Die Berge mir gegenüber lassen sich ohne jeden Vorwand ansehen. An der nächsten Straßenecke gleich ein Taxi, freie Fahrt, kein einziger Stau, wir sind sofort da. Eine kleine Wohnstraße, Glyzinien, die sich in den noch kahlen Bäumen ranken, lila Laternen. Das Hotel von der Straße zurückgesetzt, fünf Stockwerke. Laufe gleich einem der Architekten in die Arme, Albert, der älteste. Wir duzen uns. Ich bin so früh, dass ich oben unterm Dach noch zu einem Frühstück komme. Die Architekten kennen sich vom Studium, sind Freunde, schon viele Reisen zusammen gemacht. Hosna kommt mit einem Bündel Baupläne unter dem Arm an. Trägt wie ich ein Kopftuch, Jeans, Turnschuhe, den notorischen Mantel. Erkenne sie kaum wieder. Der Bus steht bereit, der sie durchs ganze Land gebracht hat. Jetzt noch Teheran. Ausflugstag mit wildfremden Menschen im kleinen Reisebus. Draußen die Stadt, läuft ab, und ob es der Bus ist, der uns fährt, oder Zeit und Raum, woher soll ich das an diesem strahlend schönen Morgen wissen. Der mich gleich nach Paris bringt. Einmal durch den Louvre rennen, in rasendem Tempo zur *Nike von Samothrake*, kopflos stürmt sie uns voran. Mit ihr der ganze Louvre. Vorbei am *Schwur der Horatier*, die lange Geschichte. Bisheriger Weltrekord: neun Minuten, dreiundvierzig Sekunden.

Seit wann nehmen Träumende an, in Paris Aufenthalt für ihre Träume zu finden? Warum sagen sich Paare noch immer: Wenn einer von uns beiden stirbt, dann gehe ich nach Paris? Als führten die Wege der Bilder und ihrer geträumten Doppelgänger immer wieder in diese Stadt. Nicht etwa, um dort zu bleiben. Das glaubte ich, als ich jung war, reiste wieder hin, ging verloren, kehrte zurück. Paris ist keine Stadt, um dort zu leben, jedoch um in einem Garten *Humay aus Herat* zu begegnen. Wie er im Traum die *Chinesische Prinzessin Humayun* trifft. Das ist im Jahr 1430. Während hinter dem Gartenzaun die Sterne blitzen. Der Halbmond ein Säbel ohne Griff am Nachthimmel. An den Zaunpfosten brennen die Köpfe von Geistern. Jeder Baum, jede Blume ähnelt der *Prinzessin*, die dem Träumenden in dreifacher Gestalt begegnet. Er drückt die Hände auf sein Herz, wie es schlägt, und leise rauscht der kleine Bach, der den Garten umfließt.

Vielleicht sind es die Filme von Godard, Truffaut, Rivette, mit denen ich groß geworden bin, in denen ich auflebe. Filme des Traums von *Humay*, der sich auf die Suche nach dem macht, was sich ihm in Träumen gezeigt hat. Etwas, dessen Eindruck so stark ist, dass es nur erträumt werden kann. Um vielleicht, eines Tages, zu erkennen, was sich dem Traum zu träumen aufgegeben hat. Etwas, das später kommt, von woanders her. So dass mir für einen kurzen, schwindligen Moment träumt, auf fremdem Grund aus den Bildern und Filmen, den Liedern, in denen Paris sein Aufwachen besingt, erwachen zu können.

17

Kirschgarten Teheran

Dichter Verkehr, schnell aussteigen. Erste Station Schießplatz, leere Mitte im Zentrum. Bäume in dichten Reihen, grün schimmern ihre Helme hinter dem Kosakentor, das bunte Kachelbilder zieren. Löwen zücken gekrümmte Säbel, Halbmonde sicheln durch den Himmel, umschwirrt von Sonnen und Sternen. Maschinengewehre stehen Lauf gegen Lauf in schöner Berglandschaft, schießen alles ab, blutrot der Sonnenuntergang. Rund um den Platz die großen Museen, eine Kunsthochschule, die Gebäude des ehemaligen Polizeihauptquartiers. Das Post- und Kommunikationsmuseum ist geschlossen. Dem Dead-Letter Office des Persischen Reichs ist die Erinnerung ausgegangen. Come back later.

Nächste Station ein paar Straßen weiter. Weißer, moderner Bau aus den vierziger Jahren des letzten Jahrhunderts. Verwaltungsgebäude der

Schah-Zeit. Rundum abgesperrt, rostige Gitter vor den Türen, mit Ketten gesichert. Trockenes Laub auf dem Boden, die Fenster mit Brettern vernagelt. Gleich daneben ein Park, Bäume, Flaggen, überall Wachen. Gehört zum Marmorpalast, ehemaliger Regierungssitz. Nachdem er dort nur knapp einem Attentat entgangen ist, hat der Schah ihn nie mehr betreten.

Hosna führt uns in der Nähe zur Stadtvilla eines Weltreisenden und Künstlers des letzten Jahrhunderts. Haus und Garten sind ein Sammelsurium aus Burg, maurischem Innenhof, persischem Kuppelsaal. In den Spitzbogenfenstern leuchten rote und grüne Glasscheiben. Es gibt Springbrunnen, Muscheln und Poseidon. Das Wasser fließt nicht, tut nur so. Ein kleiner Museumsbau versammelt Skulpturen, Vasen, Wandgemälde. Auf einem Foto ist der Sammler neben dem in Stein gehauenen Engel von Persepolis zu sehen, dem mit den gekreuzten Flügeln. Viele seiner Objekte hat er von illegalen Grabräubern zurückgekauft, sagt Hosna, als wir auf der Terrasse des zugehörigen Cafés warten, bedient zu werden. Wo sich dieselbe Unanwesenheit des Personals bemerkbar macht. Als wäre alles woanders und auch wir schon nicht mehr vorhanden. Mehrmals geht einer von uns in die Küche im Keller, fragt nach, ob wir bestellen könnten. Sie sagen ja und kommen doch nicht. Erst als wir aufbrechen, bringen sie den gewünschten Kaffee, der kalt geworden ist. Wir bezahlen, lassen ihn stehen, suchen unser Glück in der Valiasar-Allee. Ecke Shahr-Theater, Universität, Park. Bermudadreieck der Revolution, vor sich hin pochende Verheißung unter freiem Himmel. Wir mitten hinein. Staunen den griechischen Rundbau an, seine mit Mosaiken geschmückte, hoch aufragende Fassade, Säulen von Persepolis und als Dach eine Kuppel. Laufen im Kreis, rund und rum, Platz, Himmel, Chor. Januar 1973 Eröffnung. Welches Stück?

Kirschgarten, sagt Hosna.

Die alten Kinder? Kehren zurück, wohin es kein Zurück gibt? Sie spinnt, denke ich. Bist du sicher? Ja, sagt sie. Ein Ruck geht durch mich durch wie in Mumbai. Arabische See, Kirschgarten. Schon wieder. Darum also bin ich hier? Ein Tag im Frühling, die Bäume blühen, ich sehe den Kirschgarten, das Herabsinken der Blüten, Schnee des Frühlings, das Künstlertheater im Moskau der Sehnsucht. Mit einem Mal stimmen die Bezüge, werden zu Szenen, spielen ihr Stück vom Kommen, Gehen und nirgendwo Bleiben. Träumen mit kaltem Herzen, geschlossenen Augen. Das Leben bis auf die Knochen vertun, Komödie. Cechovs letztes Stück, kurz vor seinem Tod geschrieben. Aufgeführt zur Eröffnung des neuen Theaters vor den Augen des Schahs und seiner Frau, Farah Diba, die das Gebäude in Auftrag gegeben hat. Vorwegnahme des Untergangs. Warnende Vorzeichen, Geräusche, ein Ton in der Luft, im Kopf, alle hören ihn, keiner weiß, woher er kommt. Sitzen da, schauen sich selbst entgegen, sehen nichts, hören nichts. Applaudieren, gehen nach Hause, kein Traum, keine Ahnung. Alles ist da, wie es sechs Jahre später um sie geschehen sein wird. Verlassen ihr Land wie die *Ranevskaja* ihren Kirschgarten.

Was sonst hätten sie damals spielen sollen? Spiel vom Ende und Endspiel. Schlafen, sterben. Die Komödien gehen weiter.

Sam fragt mich, was dabei sei, dass sie mit diesem Stück das Theater eröffnet haben? Das Ende, sage ich, sie haben mit dem Ende angefangen. Das hat sich keiner ausdenken können. Nur Cechov, siebzig Jahre vorher. Zurück bleibt das Theater. Dramatische Achse der Stadt, um die sich die Richtungen drehen. Die Fassade hat tiefe

Risse, das Theater schon lange außer Betrieb, versteinert.

Gleich daneben wölbt sich eine große sanfte Welle über den Platz. Dach einer weißen Moschee, die nicht wie eine Moschee aussieht. Kein Minarett, keine Kuppel. Kühner Entwurf einer begehbaren Dachlandschaft. Geschwungenes Tuch aus Beton mit Fensterschlitzen, schmalen Lichtschnitten, das sich bis auf die Erde ausbreitet, den Sockel des Theaters umspült, den Park säumt, die Gebiete verbindet. Wurde sofort verboten. Eine Moschee darf den Boden nicht berühren, keiner darf ihr Dach betreten. Die Architekten erhöhen den Sockel, setzen das Fließgewölbe vom Grund ab, machen es unbegehbar. Es bleibt verboten, Moschee und dazugehöriges Kulturzentrum seit vielen Jahren nicht eröffnet.

Schon Mittag, viele Menschen sitzen auf Bänken, der Wiese, essen, trinken oder verkaufen, was die anderen essen. Entlang der Straße stehen dicht an dicht Stände mit viel zu großen Pluderhosen aus braunem Sackleinen, T-Shirts von Guci mit einem C, frischen grünen Mandeln, getrockneten Aprikosen. Lärmen ist zu hören, Stimmen, Schläge. Unruhe breitet sich auf dem Platz zwischen Theater, Park und Moschee aus. Dann

Schreie. Metallisches Dröhnen, Schläge, härter. Lassen uns anstecken. Gehen näher, die Schläge werden rhythmischer. Nächste Szene, denke ich, der *Kirschgarten* spielt verrückt. Trauben von Menschen stehen vor dem Bau. Alles wird schriller.

Hosna läuft durch die Menge der Neugierigen in den Eingangsbereich, hinter dem sich eine riesige Halle befindet. Stahlgitter versperren den Zugang. Leute reißen, schlagen, schreien am Gitter, und es werden immer mehr. Sie treten dagegen, haben Zangen und Hämmer dabei. Unter der leichten, weit ausholenden Welle des Dachs tobt die aufgebrachte Menge. Ein Mullah tritt auf mit schwarzem Turban. Ein zweiter, sie sprechen zu den Wütenden. Frauen in schwarzen Gewändern drängen sich um sie. Für einen Moment beruhigt sich die Stimmung, dann wieder Schreie und Schläge.

Albert steht in der Menge, fotografiert. Ich schaue von weitem, sehe Hosna neben einem der Mullahs. Wildes Gestikulieren. Eine Frau im schwarzen Umhang schreit sie an. Dann fallen offensichtlich heftige Worte, die Frau im Umhang, der Mullah, Hosna rennt los. Kein Blick zurück, läuft nur. Schnell, um ihr Leben. Schon ist sie draußen, auf dem Platz, quer rüber.

Was ist geschehen? Hat sie uns vergessen? Oder gerufen? Ist sie beleidigt worden und lässt uns zurück? Da stehen wir, erschrocken, verstehen nichts.

Ist die Revolution ausgebrochen? Kämpfe, Entfesselungen?

Wir rennen los, Hosna nach. Dürfen sie nicht verlieren, wir sind ihre Kinder, ihre kleine Herde.

Sie hastet die Treppe zur Metrostation runter, wo sich alle Linien treffen, völlig unübersichtlich. Noch mehr Gedränge, stickig. Wir bleiben stecken, drohen unterzugehen, laufen und wissen nicht warum. Fahren wir mit der Metro? Der Bus steht uns nicht mehr zur Verfügung? Nein, weiter geht's durch Gänge und Tunnel, Gewoge von Passagieren, Händlern, vorbei an den vielen kleinen Geschäften und Ständen.

Nur ein unterirdischer Film, der abläuft, schnell, noch schneller. Zwei Frauen, drei Männer, draußen das schönste Theater der Welt, eingeweiht mit dem *Kirschgarten*, der nie mehr aufgehört hat, dieses Theater heimzusuchen und die Stadt zur Bühne seines leichten Spiels von Vergeblichkeit und Aufschub zu machen.

Einmal in einen Film einziehen. Einmal nicht

mehr nach Hause gehen, immer draußen bleiben. Beschwörung der Kinder mit Hosna im Labyrinth. Reise in den Untergrund. Drei Architekten aus Graubünden und ich dabei. Irgendwann läuft Hosna eine Treppe hoch, wir hinterher, stehen auf der Erde. Der Faden reißt nicht. Da ist schon der Bus, wartet auf uns an der Straßenecke. Wir bestürmen Hosna, uns zu sagen, was geschehen ist. Wo waren wir? Was hat der Mullah gesagt? Was die Frau neben dem Mullah? Und warum ist sie so schnell weggerannt? Sie sagt, das Gebäude ist ein Traum. Sie lächelt, sie sagt, die spinnen, hassen die Architektur. Dann schweigt sie. Wir fahren los.

18

Speedy Gonzales, die schnellste Maus von Mexiko

Zur Tabiat-Brücke, von einer jungen Architektin gebaut. Hoch über dem Highway, wo sich halb Teheran trifft und auf Reisen geht. Sobald es dunkel wird, verwandelt sich die Brücke in einen Ausflugsdampfer. Legt ab, verlässt die Erde. Kleine bunte Lichter blinken, die Passagiere schwingen Fähnchen, grüßen die Erde, die unter ihnen durchfährt. Rufen Adieu.

Früher Nachmittag, wir essen in einem Restaurant am Kopf der Brücke. Es gibt Pizza, Salat, wir trinken Bier ohne Alkohol mit Pfirsicharoma und fühlen uns schon ganz betrunken. Zwischendurch ruft Vahid an. Übersetzer, Souffleur, Bauchredner, der mir gestern gegenübersaß und alles wusste, was ich sagen werde. Nein, erst ruft Andreas von der Botschaft an, ob ich bei Vahid lesen mag. Dann Vahid, Samstag, Lesung und Gespräch in seinem Institut an der Uni. Ja, sage ich. Taler, Taler, du musst wandern.

Auf der anderen Seite der Brücke das Revolutionsmuseum, die Fahnen Persiens, die Erde ist Wüste. Wir lassen alles links liegen, fahren zur Sommerresidenz des Schahs. Verpassen jedoch die letzte Vorführung des aufschiebbaren Dachs, auf dem früher der Helikopter landete, der den Schah am Ende zum Verschwinden brachte.

Säle, Zimmerfluchten, riesige Fenster, Vorhänge, Teppiche an Wänden. Schlaf unter Staub, viele Jahre, Kulissen, Bühnenbilder, hingestellt, in Ansichten verbannt. Im Keller ein Kino, jede Menge Lounge Chairs, grüne Telefone auf kleinen Tischen, Headquarter, Reich der Toten, *À bout de souffle*.

Im ersten Stock staatstragende Kostüme für Frau und Mann mit Kronen, Pelzen, Seidenschärpen. Mit Orden, Spitzen, Kragen und Aufschlägen. Stehen da ohne Körper, von allen Geistern verlassen, fürchten sich.

Im Seitentrakt die Zimmer der Kinder, wo ihre Seelen hocken. Konnten sie nicht schnell genug verlassen. Jetzt lauern sie, warten noch immer auf die, die kommen werden, um mit ihnen zu spielen. Wo bleiben sie nur, trödeln wieder herum. Ihre Freunde, Spielgefährten, mit denen sie sich im Dreck wälzen, die Kleider zerreißen, auf Bäume klettern und nie mehr zurückkehren wollen. Noch ist keiner gekommen. Keine sieben Brüder, keine Schwester, nicht ein einziger Vogel. Lassen sie zwischen viel zu großen Stofftieren sitzen, die jeden Tag weiter wachsen. Die Zimmer ausfüllen. Löwen, Leoparden. Wehe, sagen sie. Komm bloß nicht näher. Wir bewachen die nicht wissen, wie es um sie geschehen ist.

Im Zimmer des Sohns der ganze lange Glasschrank voll mit Flugzeugen, Schiffen, Weltkugeln, Pokalen. Alle Modelle, alle Marken, in der hintersten Ecke verschämt ein Eiffelturm. Auf dem Bett ein Panther, dreht mir den Rücken zu, schwarzes Schild auf hellem Grund.

Die Tapete im Zimmer des Mädchens zum Verrücktwerden; Rosen und Dornen. Über dem Himmelbett mit Vorhang ein Bild an der Wand. In einem dicken goldenen Rahmen ist noch einmal dieselbe Tapete zu sehen. Bild im Bild im Zimmer im Raum, weder innen noch außen. Jeder Ausgang das gerahmte Bild eines Ausgangs, der an der Wand hängt. Die gibt nicht nach, vermehrt sich nur. Zwischen den niedrigen Clubsesseln schaut eine Giraffe hervor, ungelenk, der Hals viel zu lang. Gefleckt wie die Bombermodelle im Glasschrank des Bruders.

Es gibt ein blaues Bad und eines in Rosa. Rosa Badewanne, rosa Toilette, viel zu klein in dem riesigen Raum. Auf den Kacheln Aufkleber. Einer von einem Herz, einer von einem gelben Smiley und einer von *Speedy Gonzales, der schnellsten Maus von Mexiko*. Die immer schneller ist als jede Katze. *You better burn out, than fade away.*

Die Räume dürfen nicht betreten werden. Ich stehe im Flur, umringt von Tieren, Glasaugen, Kindern, die wissen wollen, wo ihre Freunde bleiben, mit denen sie spielen wollen. Ein Band trennt mich von ihrem Jenseits. Ich denke an Natascha. Gefährtin, seit ich sie gleich am Anfang des Studiums im Zimmer in der Westanlage sitzen sah. Gerade zurück von einer langen Amerikareise. Schreibe ihr in Gedanken einen Brief zwischen Tür und Angel. Liebe Natascha, weißt du noch, wie es war, Briefe zu schreiben? Und noch während des Schreibens auf Antwort zu warten? Im Brief zu schreiben, warum antwortest du nicht? Und dann kommt dein Brief und ich schreibe, jetzt ist dein Brief gekommen? Und weißt du noch, wie es war versteckt zu sein? So gut versteckt, dass keiner mehr dich suchen kommt?

Wie es langsam deutlich wird, dann gewiss. Alle anderen sind gefunden, du hörst sie von weitem, ihr Rufen, wie sie rennen, wilde Jagd, Schreie, erwischt. Einer nach der anderen. Triumph. Nur du fehlst noch. Und bist doch da, nicht weit von ihnen. Wenn sie nur bloß nicht aufhören, dich zu suchen. Bis an ihr Lebensende, dein Herz schlägt für sie. Du hörst, wie sie nochmal ausschwärmen, dich zu finden. Irgendwo musst du doch sein. Wo bleiben sie nur, wie dumm sie sind, wie unverständig, nun kommt schon.

Du wartest, stellst dir vor, wie du aufspringst, dich zu erkennen gibst, schreist, sobald sich einer von ihnen zu dir durchgeschlagen haben wird. Nein, kalt, noch kälter, nur immer kälter, sie verlieren die Lust. Sie werden lasch, setzen sich erschöpft hin, geben auf. Wie schwach sie sind. Dich langsam, oder nein, wie sie dich schnell, immer schneller vergessen. Schon sind sie dabei, sich neue Spiele auszudenken. Sie stehen auf, gehen weg, du hörst sie ein Lied summen *My Bonnie is over the ocean*. Einer pfeift die Melodie. Sie verlassen dich, haben dich aufgegeben, singen ihr Lied.

Dann ist es still, kein Laufen, keine Schritte, keine Stimmen. Du wartest eine lange Zeit, Ewigkeit. Dann trittst du aus dem Versteck, kommst aus der Deckung, hältst Ausschau nach denen, die dich suchen sollten. Weit und breit nichts, vom Erdboden verschluckt. Sie sind fort, es gibt dich nicht. Das ist kein Spiel. Panik. Nein. Da bist du doch, stehst da. Wie gerne möchtest du dich jetzt von ihnen finden lassen. Sie müssten nur noch einmal zurückkehren.

Nun bist du es, die sucht. Du weißt, sie sind ins Haus gegangen, Kakao trinken. Die Tante ist von der Arbeit gekommen. Sie sitzen in der Küche, vor ihnen auf dem Tisch die Holzbrettchen wie Kähne, die durch den Nachmittag treiben, mit spitzem Bug und einem Loch für die Ankerkette. Sie haben Brote mit Butter und honiggelbem Quittengelee geladen.

Du fehlst. Eine fehlt, eine ist im Versteck geblieben. Keiner findet dich, weil keiner dich sucht. Nicht so, wie du gesucht werden willst, nicht so, wie du versteckt bleiben willst. Bitte, findet mich. Du seufzt, du stehst für alle sichtbar vor deinem Versteck und weißt nicht, ob es dich je gegeben hat.

Wo bleibst du nur? Hosna und die Architekten. Wir haben dich überall gesucht. Das Haus schon geschlossen. Die Wächter wollen nach Hause gehen. Sie stehen im Eingangsbereich, warten, dass wir endlich gehen und sie die Türen schließen können.

Gleich gegenüber der Sommerresidenz der alte Niavaran-Garten. Sanft abfallende Wiesen und Wasserläufe. Ende des Ausflugs, meine Begleiter verlassen mich. Die Architekten müssen zum Hotel, der kleine Reisebus in die Garage. Hosna sehe ich bald wieder.

Ich fahre vom Norden eine halbe Stunde in den Norden, und das ist noch lange nicht der Norden. Beim Tajrish-Platz lasse ich mich absetzen. Gehe noch schnell durch den Basar. Abendstimmung, Gedränge, die Gänge seufzen, der Tag schon fast überlebt. Entlang der Valiasar-Allee, an die Hauswände gedrängt, knien Kinder. Vor ihnen auf dem Trottoir liegen ihre Hefte, in die sie zwischen Füßen und Beinen der Passanten Bögen, Linien, Schwünge schreiben. Machen ihre Hausaufgaben. Ich schaue zu, wie sie die weißen Seiten von rechts nach links mit Schrift füllen, bis ich das Gefühl habe, auf dem Kopf zu stehen.

In meinem Stammrestaurant tun die Kellnerinnen wieder so, als ob sie mich nicht kennen. Und dann reicht ein Kopfnicken, und sie bringen mir, was ich meistens bestelle. Sitze auf der Rückseite des Lokals. Hinter der Fensterfront der Garten. Stilles Quartier, wo ich zur Ruhe komme. Bilder, Eindrücke des Tages wandern in den Garten aus. Sinken zwischen Sträuchern und Kieswegen, das Wasserbecken schimmert bleich, nimmt sie zu sich. Nichts denkt mehr, nichts fühlt, nichts sieht, ist da draußen und doch kommt alles, als ich aufbreche, verwandelt zu mir zurück.

Auf dem Weg nach Hause gehe ich noch in den kleinen Laden an der Ecke. Die ganze Familie ist da. Sie bauen um. Eine lange Kühltheke steht im Gang, macht den Laden noch enger. Der kleine Sohn im Militäranzug, etwa drei Jahre alt, lässt sein Auto über den Deckel der Tiefkühltruhe fahren. Immer am Rand entlang und dann einmal durch den ganzen Laden. Das Auto brummt und fliegt über alle Berge. Ich folge ihm.

19

Wofür das alles gut sein soll

Liebe Natascha, ich schreibe dir aus der Nacht. Sitze auf dem Sofa unter der Bogenlampe, in der Wohnung des Waffenhändlers, vierter Stock, Teheran. Hinter mir die Harlekine, das Bild von Tiepolo, ihr Budenzauber von hinter dem Vorhang. Wie manchmal in Filmen, wenn sich die Schauspieler mit dem Rücken zu uns auf einem kleinen Monitor anschauen, was sie eben gespielt haben.

Bist mir zugeflogen. Gleich in Gedanken angefangen dir zu schreiben. Brief aus der Sommerresidenz. Das Dach zum Aufschieben für die Helikopter. Schon warst du drin. Zu Füßen der nördlichen Berge. Der Schah mit seiner Familie. Flucht aus dem Haus. Dann weiter in einer Air-France-Maschine. Mit der nächsten landet Khomeini. Dazwischen gegebene Hände, fristlos über Bord geworfen. Mir wird schwindlig. Der kleine salutierende Sohn am Grab seines Vaters. So alt wie ich damals. Das war Kennedy. Die ältere Schwester neben der Mutter im Schleier. Grußlos, wie hätte sie auch salutieren sollen? Der Vater *being led to the slaughter like a sacrificial lamb*, singt Dylan fünfzig Jahre später. *They blew off his head while he was still in the car. Shot down like a dog.*

Durch das Zimmer der Tochter des Schahs läuft ein Löwe aus Stoff, wirft seinen Raubtierschatten übers Parkett. Hat das Gesicht eines weiß geschminkten Clowns, aus dem die Tochter schaut. Kein Entkommen, Natascha. Die offenen Türen sind von offenen Türen verschlossen, die Ausgänge von Ausgängen. Vor dem Fenster auf einer schmalen Konsole zwei Fotos, auf jedem zwei Kinder, immer ein Junge und ein Mädchen. Romeo und Julia. Die sicheren Verstecke sind die, die alle im Mund führen. Sie heißen Mohammad Reza, Soraya, Fausia, Farah, Jackie, Marianne, John, Robert; bewachte Wächter.

Wie wir mit den eisernen Bändern um die Herzen. Wir Heinrichs, treue Diener verwunschener Eltern. Wir Zeugen, kleine Gläubiger der Allmacht, wir großen Kinder. Verborgen wie die des Schahs in ihren Zimmern. Beseelt vom Wunsch, die zu heilen, die wir über alles lieben. Wir können euch schützen, wir bauen euch ein Haus, besorgen euch Pferde und Kutsche. Wir sind das Licht der Märchen. Werden euch erlösen. Wir, die Kinder nach dem Krieg, die kleinen Kämpfer für den Wiederaufbau der Eltern. Sie lassen sich in kein Sternbild, keine Blume verwandeln. Leben, so gut sie können. Sind unsere Eltern und bleiben uns fern wie die Erde. Während das Wirtschaftswunder triumphiert, den letzten Verstand wegfrisst.

Wir reisen zum Mond, nach Detroit, nach Teheran, umarmen die Welt. Ertrinkende, wie der kleine Ali im Teich. Wollen mit all den vor uns Untergegangenen in Verbindung bleiben. Zu ihnen sprechen. Sie sind da, sie brauchen uns, wir müssen ihnen ihre Worte zurückgeben. Durchhalten wie im Märchen. Weiter wünschen, bis aus dem einen Märchen das nächste hervorgeht und sagt: Wenn sie nicht gestorben sind, so leben sie noch heute. Dann stehen wir hinten auf dem Wagen. Er rast. Ein Scheppern. Rufen. Der Wagen bricht. Aber Heinrich lächelt. Es sind doch die eisernen Bänder unserer Herzen, die endlich springen.

So sind wir auf die Welt gekommen. Wollten sofort weg. Paris mit siebzehn. Stadt der Verklärung, durch die der Fluss und die Revolution strömen. Theatre du Soleil. *1789*, das riesige Plakat an der Wand über deinem Bett mit der roten Samtdecke. Eine Bühne. Nachts öffnetest du ihr dein Bett. Theater des Schlafs, Auftritt der Träume, nicht weit vom Tod. Dazu Patti Smith, *Pissing in a River*. Das wollten wir auch. Der Fluss die Seine. Wo sind wir, wenn wir auf der Erde gehen und der Himmel nichts ist als ein Zwischenraum, der uns umkreist. Wie manchmal die Berge in Bern, wenn es Abend wird und dieses irre Licht aus dem tiefen Einschnitt durch die Stadt aufsteigt. Vom Fluss her, der sich windet. Stadt der Schneise, Regierungssitz. Von Brücken verklammert, hinter denen sich die Berge von der Erde lösen. Die Stadt mit sich in die Höhe, ins Leichte, auf die Kreisbahn nehmen.

An solch einem Abend habe ich Kamal getroffen. Hatten uns Jahre vorher in Detroit verabschiedet und seitdem nicht mehr gesehen. Kurz vor meiner Abreise kommt er mir auf der Brücke entgegen, und die Berge fliegen, singen leise vom Licht, von den Farben, vom Schnee. Während in unseren Herzen die Angst jagt. Und wir uns beim Abschied zuflüstern: Komm wieder.

Ich schreibe dir mit viel zu großen Wörtern.

Denke an den Sommer des Theaters, als wir zusammen nach New York flogen. Das erste Mal in der neuen Welt. Schon läuft uns Paul über den Weg. Der andere Paul, Schwede, Kameramann. Vier Wochen später sehe ich dich hinter dem Flugzeug stehen. In der Hand deinen Koffer. An den Füßen wie immer keine Strümpfe. Bist geblieben, bei Paul. Und dann in deinem Haus das andere Stück vom Fehlen. Wo Paul war, fehlt er jetzt.

So oft haben wir uns mit Camille bei dir getroffen, Natascha. Einmal im Jahr zwei, drei Tage durchgeredet. *Talking cure*, wie verrückt versucht die Zeit einzuholen. Bis im Sommer Paul stirbt, und im Winter fährt Camille davon. Da haben wir aufgehört, die *Drei Schwestern* zu sein, mit denen wir so lange durchhalten konnten, nach Moskau zu wollen.

Die Bühne leer, die Schwester fort, Moskau ein Phantom, der Tod ist wirklich. Und noch immer wissen wir nicht, wofür das alles gut sein soll.

Gegen Abend haben wir Camille zum Zug gebracht. Wussten nicht, wohin mit uns. Wurde schon dunkel. Sind ins Café am Marktplatz gegangen. Voll mit Schachspielern. Sonntag in einer kleinen Stadt. Anfang November. Setzen uns an die großen, erleuchteten Fenster, schauen auf den Platz. Nichts als Autos, ein erster Weihnachtsbaum. Das Gefühl, von einer weiten Reise zurückgekehrt zu sein. Und wo wir sind, ist nichts, wie wir es uns vorgestellt haben. Dann setzt Schneefall ein. Erste, zarte Flocken, hauchdünnes Weiß auf der Erde. Wir können nicht anders, als zu sehen, dass wir uns getäuscht haben. Halten still, suchen nach Fassung. Die Schachspieler vom Nebentisch gehen zum Rauchen raus. Ihre Zigaretten glühen zwischen den Flocken rot auf. Nächste Runde.

Am Nachmittag ist es zum Streit gekommen, Camille und ich. Wie immer, wenn wir in deinem Haus als alte Beschwörerinnen der Zeit zusammenkommen, machen wir einen Spaziergang rund um den See. Liegt ausgebuchtet in der sanft gewellten Landschaft. Umgeben von Klöstern und Burgen auf den Hügeln in der Ferne. Auf halbem Weg um den See ein kleiner Segelflugplatz. Daneben ein Café, in dem wir im Jahr zuvor noch mit Paul saßen, Kaffee getrunken haben. Die Wirtin fragt dich, wo du gewesen bist, so lange nicht mehr gesehen. Und wo Paul? Sie fängt an zu weinen.

Als wir wieder draußen sind, unsere Umrundung des Sees fortsetzen, sagt Camille, dass sie ihren kleinen Nichten keine Märchen vorlesen könne. Die seien zu grausam. Die Kleinen hätten schon genug Schweres zu ertragen. Ihr Leben so kompliziert, Eltern, Geschwister, Kindergarten, Schule, auch schmerzhaft. Sie würde sie von den Märchen verschonen. Du spinnst, sage ich. Sie sind das Gegenteil der Gnadenlosigkeit, die uns tagtäglich widerfährt. Sind durchs Leben klug geworden. Wer sie grausam nennt, hat nie geliebt. Nein, sagt sie. Ihr seid streitsüchtig. Unterdrückt mich. Könnt nicht zuhören. Ihr seid nicht nur schlimm, ihr macht auch noch alles schlimmer. Eure ewigen Übertreibungen. Jetzt seht ihr, was ihr davon habt. Dann schweigt sie. Zieht sich zurück. Zeigt uns die kalte Schulter. Endprobe für den Abschied. Wir kaufen noch Kuchen, trinken Kaffee, kein Zögern, nichts mehr. Als sie in den Zug steigt, sagt sie: Ich war *Masa*.

Camille, unsere Camille aus gutem Haus. Beide Eltern Ärzte. Der Vater prügelt sie wie ihre Brüder. Verlässt die Mutter. Ihr ältester Bruder ein schöner Mann und Tennislehrer. Sie studiert Medizin wie ihre Eltern. Fachärztin Psychiatrie, liebt Musik, liebt einen Musiker, heiratet ihn. Noch während sie sich unablässig über ihn beschwert, ihn loswerden will, verlässt er sie. Dann schwere Jahre und diesmal ein Maler, ein trauriger. So traurig wie sie. Lange Jahre leben sie mit seinem Sohn und den beiden Katzen. Immer sagt sie, sie weiß nicht, ob sie das will. Dann zieht sie in ein neu gebautes Haus. Eine Wohnung, die sie sich vom Erbe ihrer Mutter gekauft hat. Weiß lange nicht, ob sie ihren Maler in ihre neue Wohnung mitnehmen soll. Tut es dann nicht und er wird noch trauriger. Sie auch. Die Katzen sterben.

Im Keller des neuen Hauses, voll mit sich selbst verwaltenden Wohnungsbesitzern, bricht ein großes Mottenvolk aus. Steigt Etage um Etage bis unters Dach, verschont nichts und niemand. Bald sagen sie, es sei aus Camilles Teppich gekommen. Den sie aus Indien mitgebracht hat. Irgendwann im Leben gekauft und dann im Keller vergessen. Sie trägt schwer an ihrer Schuld. Im Sommer darauf wird das Haus von Silberfischen heimgesucht. Jedes Mal, wenn sie einen Schrank öffnet, fällt sie fast in Ohnmacht. Herden von Silberfischen suchen das Weite, stieben davon, flutschen von den Tellern. Auch dafür fühlt sich Camille schuldig. Eine Bauuntersuchung ergibt, dass Motten und Silberfische aus dem Fundament des Hauses kommen. Sie hat keine Schuld, bleibt schuldig.

Am Abend vor unserem Streit haben wir die schlechte Kopie eines Super-8-Films angeschaut. Nach Pauls Tod plötzlich aus dem Nichts aufgetaucht. Von der Nacht eines langen Sommernachtstraums. Traum von dem, was wir in all den Jahren hofften, gewesen zu sein.

Die Bilder zucken, flackern, fallen aus, werden schwarz. Alles sehr undeutlich, dazwischen manchmal ganz scharfe Einstellungen, die mittendrin abbrechen. Unsere alte Theatergruppe, ihre letzte öffentliche Vorstellung. In der viel zu engen Garderobe, im kleinen Gang hinter der Bühne. Wie wir vor unseren Auftritten warten, herumgehen. Unsere Kostüme, singen auf der Bühne. Auf- und Abgänge. Wie wir Löwen spielen. Handwerker, Esel, Thisbe. Wir sind Wände, die flüstern. Kannibalen, die singen. Linden drohen zu stürzen, Baggerführer treten auf, Großwildjäger, Tarzan und Jane. Ein Geist tritt ab, ein Vampir auf, Feuerschlucken. Pyramus kommt, andere Liebende, Verzauberte, Indianer. Eine lange Nacht des Theaters ist das geworden. Haben uns im Spiel vergessen, weiter vor uns hin geträumt, immer wieder auf die Welt gekommen.

Irgendjemand hat damals gefilmt. Schwankende Bilder, noch einmal zusammen den Traum der Darsteller vom anderen Land spielen. Im Morgengrauen stehen sie im Kreis auf einer Dorfstraße, Hüttenberg, Oberhessen. Sie sind durch die Spiegel gegangen. Wollen nicht mehr nach Hause gehen. Zögern und brechen dann in viele Richtungen auf.

Später in der Nacht. Ich stehe am Fenster. Schaue auf deinen verwilderten Garten, Natascha. Kahl die Äste und Zweige der alten Pflaumenbäume, die mit dir von Haus zu Haus ziehen. Wie sie das machen, weiß ich nicht. Doch wo du auch wohnst, stehen sie bereit, sind sie schon da. Weiß gefleckt. Der Schnee hat aufgehört zu fallen. Umgeben von hohen Tannen. Die Straßenkreuzung im orangefarbenen Licht, wie das der belgischen Autobahnen, über die wie eh und je die Geister fahren. Dahinter taucht die blaue Leuchtreklame der Raiffeisenbank auf. Schriftzeichen eines verlorenen Volks. Als mir mit einem Mal alle Häuser gegenwärtig werden, die ich geliebt habe. Aus denen ich hinausschaute und mir wünschte, gehen zu können. Mein Blick in das Außen des Sehens wird von dort her sichtbar, sieht sich sehen. Und was wie eine Entgrenzung, ein sich Hinaus- und Hinaufschwingen in Ungewisses scheint, ist die Übersiedlung in ein fernes Gebiet meiner selbst.

Ein Jahr später haben wir nochmal versucht, uns zu treffen. In den Vogesen, letzter Winkel der Erde, von allen guten Geistern verlassen. Der Streit wiederholt sich. Wieder Abreise von Camille, wir bleiben zurück. An einem trüben Herbsttag bringen wir sie zur nächsten Bahnstation. Rothau. Zug nach Straßburg. Der Ort hockt dicht aufgereiht an der Durchgangsstraße. Schwere Lastwagen donnern durchs Tal. Der Bahnhof aus rotem Sandstein, wie die Erde. Düsterer Bau, massiv, verschlossen, kein Fahrkartenverkauf, kein Warteraum. Steht da und hält die Gleise fest. Über dem Eingang die Gedenktafel. Von 1941 bis 1944 kamen hier die Deportierten für das nahegelegene Konzentrationslager Struthof an. Wir sollen ihrer gedenken. Rundherum stehen Autos, breiten sich Parkplätze aus. Die Luft feucht, der Herbst riecht, nicht warm, nicht kalt; keine Tränen.

Anfang Oktober erst, wir laufen auf und ab, ungewiss, ob hier je ein Zug durchkommen wird. Als es zu schneien anfängt. Kleine helle Plättchen sinken vom Himmel wie erster Schnee. Legen sich auf Haare, Jacken, Hände. Wir schauen ihnen entgegen, sie fallen vom Himmel. Was ist das? Ein hellgrauer Film breitet sich über uns, setzt sich in alle Fasern und Poren. Wir stehen da wie die letzten Überlebenden, eingeschneit von der Asche der Deportierten, verwandeln uns bei lebendigem Leib zu Schnee von gestern. Alles, was in den Wind geschrieben worden ist, fällt, wirbelt, schwebt, nimmt uns ein. Jetzt sind wir verrückt geworden.

Nein, wir fragen Fahrgäste auf dem Bahnsteig. Woher dieser Schnee? Sie sagen, sie wissen es nicht. Vielleicht ein kaputter Filter. Verbrennungsanlage. Passiert manchmal, hört wieder auf. Dann kommt der Zug, Camille steigt ein. Moskau fährt ab.

Gleich neben dem Bahnhof entdecken wir eine niedrige Baracke, Französisches Rotes Kreuz. Ein Abzeichen über dem Eingang. Krankenstation, angehaltene Geschichte, überwachsen, nicht abgesperrt. Was wurde hier behandelt? Wer? Hohes Gras, Brombeerhecken, Vogelbeerbäume, kleine Birken. Wir laufen um die Baracke herum. Die Fenster offen, das Glas zersplittert. Im Inneren halb durchgebrochene Decken, ein Tisch, Stühle, Waschbecken. Der Wanderführer empfiehlt den Weg vorbei an den Gaskammern als Abkürzung. Dahinter Wälder voller Schuhe von Auschwitz, die bis zum Kriegsende hier weiterverarbeitet wurden. Zurückgelassen, übrig geblieben, unbeweint. Liegen gleich unter der Erde.

Wir sind dann schnell weggefahren. In einem Café an der Straße vor uns hin gestarrt. Autos fuhren vorbei, dahinter ein Bahndamm, über den dreimal am Tag ein Zug fährt. Warten darauf, irgendwann wieder ein Gefühl dafür zu bekommen, dass es uns gibt. Zusammen mit all den vergangenen Leben, den Stimmen, die uns verlassen haben wie die Zeit.

20

In Teheran ist Sonntag am Freitag

Freitags gehen wir in die Galerien, sagt Jaleh am Telefon, Tag der offenen Tür. Du kommst mit.

Der Himmel grau, an den Straßenecken die Blumenhändler auf Posten. Große Gebinde aus Rosen, Narzissen, Levkojen, Lilien stehen in Eimern und Töpfen um ihre Autos verteilt. Kommen von weit her, haben Kinder dabei, ihre schönsten Blumen. Die dösen im Auto, spielen Ego Shooter auf Handys, sitzen hinter dem Steuerrad, fahren über alle Berge. Die Verkäufer der frischen grünen Mandeln ziehen später am Tag nach. Bringen ihre handlichen runden Stände mit, lösen die Blumenhändler ab. Geben auf ihre Mandeln eine Prise grobkörniges Salz. Einer der jungen Männer aus dem Geschäft an der Ecke kommt mir mit schweren Taschen entgegen. Macht Einkaufsdienste für die Nachbarschaft. Wir grüßen uns kurz, mit niedergeschlagenem Blick. Keiner hat's gesehen.

Laufe den schmalen Weg am Rand eines gemauerten Flussbetts hoch. Je nach Regenmenge stürzt das Wasser mit Getöse von den Bergen, die sich den Fluten mit ins ebene Land geben, wo sie unter der Sonne, zusammen mit dem Traum fortzugehen, versickern. Heute ist das Wasser schlammig, reißt Steine, Erde, Müll mit sich.

Der Weg führt bis zum Palladium-Kaufhaus, vor dem immer Taxen zu finden sind. Der Fahrer nickt, die Straßen fast leer, von weitem erkenne ich die Kreuzung, an der es zu Jalehs Wohnung abgeht. Auf der Seite ein kleiner Park, in dem sich Soldaten treffen, wenn sie wie heute Ausgang haben. Davor ein Büdchen, das Blumen verkauft, und gegen Abend Suppe. Dann sitzen Männer rundum auf Bänken in den Blumen. Aus den Schüsseln in ihren Händen steigt Dampf auf.

Kaum sind wir in die steil abfallende Straße eingebogen, das San Francisco-Gefühl und hinter der nächsten Kurve wird der Pazifik auftauchen. Mit ihm die Lieder von den Blumen und ihrer Power. Ich steige aus, der Himmel so hoch.

Hinter der Haustür stehen die Autos bereit zur Flucht, gleich, müssen nur losfahren. Ich finde Jaleh allein im Atelier. Ihre Katze schläft eingerollt auf einem ihrer Parkbilder im Grünen. Wir warten auf Merat, sie wird mit dem Auto kommen. Eine Freundin, sagt Jaleh, hat Jahre in Deutschland studiert. Sie ruft an, Jaleh drückt auf, eine junge Frau mit lauten Schritten, tiefer Stimme und offenen Haaren eilt die Treppen hoch. Jünger als Jaleh, spricht schnell. Hat in Dresden den Master in Religionswissenschaften gemacht. Wohnt jetzt wieder bei den Eltern. Sie sind in Ordnung, sagt sie, aber Eltern. Das Auto von ihnen geliehen. Sie lacht und zieht sich das in den Nacken gerutschte Kopftuch hoch.

San Francisco lassen wir hinter uns. Drehen im Elternauto Runden von einem Verkehrskreisel zum nächsten. Fliegender Wechsel. Begleitet von hohen Bäumen. Säumen die Straßen, ihre Äste mit Knospen besetzt, nur wenige, zaghaft aufgegangene Blätter. Grün angestrahlt wie die Kuppeln der Moscheen. Merat singt und flucht gleichzeitig, haut die Gänge rein, tritt abrupt auf die Bremse, fährt wieder an. Wo ist Maryam? Sie kocht, erwartet uns zum Essen.

Wir parken, enge Gassen, gehen über Hinterhöfe, vorbei an verwinkelten Häusern. Auf einem schmalen Vorplatz viele Leute, stehen vor einer großen Türe, die sich auf eine Halle öffnet. Wir treten ein. Dämmerlicht empfängt uns, Gedränge wie kurz vor einer Theatervorstellung, jeden Moment hebt sich der Vorhang, Auftritt der Bilder. Noch sind sie weit fort, kann sie kaum sehen. Wir zwängen uns zu ihnen durch, stehen davor. Sie verbergen sich hinter den hundert Ansichten des Demawand. Bild um Bild der Berg der Berge. Bruder des Fuji, alter Vulkan, der nie ruht. Mit seinen persischen Engeln, in Stein gehauen. Habe sie in Persepolis gesehen, mit ihren schwirrenden Flügeln, die Köpfe rund, als trügen sie Helme. Sie wissen vom Beben der Erde. Kennen ihre Geschichte, die sie erzählen wird, wenn Risse den Grund zerteilen wie Blitze den Himmel und Stürme die Landschaft verschieben, so dass kein Tier sie mehr findet. Mit einem Handstreich verschwinden Wege, Häuser, Dörfer.

Junge Künstler sind da, ihre Bilder an den Wänden. Die meisten sind Jaleh bekannt, sie sagt mir, welche Bilder von wem gemalt worden sind. Einige von ihnen stehen daneben, gleichen ihnen. Passen auf, dass sie nicht davonlaufen. Alle warten, sind unruhig, schauen zur Tür. Ein Kurator spricht wie alle Kuratoren auf der Welt. Sieht auch so aus, geschäftig, nervös mit dem Schal um den Hals, gerade aus New York zurück, kennt alles, weiß alles. Nice to meet you.

Ich schließe die Augen. Die Bilder treten aus den Ansichten des Bergs, lösen sich aus dem Rahmen, verlassen ihre Künstler. Raus und weiter durch die Hinterhöfe, vorbei an der Wand mit der lila blühenden Glyzinie, durch die engen Gassen. In einer Ecke hängt an der Hauswand das Poster mit dem vor sich hin träumenden Bauern aus den neunziger Jahren in rötlich gelben Farben. War überall im Land zu sehen. Werbung fürs einfache Leben des Manns mit seiner Pfeife, seinem Tee, dem Brot, einem Stück Fleisch auf dem Tisch. Sein Tagwerk vollbracht, hält er Einkehr, und es kann Abend werden. Das Bild taucht in Kiarostamis Film vom schweren Erdbeben im Norden des Irans 1992 auf. Hängt an der Wand eines zusammengefallenen Hauses. Von einem tiefen Riss zerteilt, in dem die Zeit von früher, vom Land, als wir noch nicht waren, wohnt und von später auch, wenn wir nicht mehr sein werden, schon wieder fortgegangen, der Platz am Tisch des Bauern leer. *Das Leben geht weiter*, heißt der Film, und mit ihm die Bilder der Zerrissenheit. Die an Hauswänden auftauchen, aus vergessenen Plakaten in Höfe schauen, in denen außer den Bettlern und Müllsammlern keiner vorbeikommt. Wenn die Erde bebt, wird sie zu sprechen beginnen und ihre Geschichte erzählen, auch die der Bilder, die an einem Nachmittag aus ihren Rahmen gesprungen sind und sich durch den Riss zum Bauern gesellt haben, wo sie an einem Sonntag, der ein Freitag ist, nichts tun als leben.

So sitze auch ich wieder am Tisch in der Küche der Großmutter, Kind unter Kindern. Am Kopfende sitzt die Tante, ihr gegenüber die Großmutter. Im Herd das Feuer, das selbst im Sommer brennt. Von dort haben wir uns aufgemacht. Das Haus längst abgerissen, auch der Hof mit den angrenzenden Häusern, die ihn umschlossen. Garagen, Werkstätten, Keller, die Scheune mit ihrem Riesentor für die hohen Wagen, die Fliederbäume im Hühnergehege. Von all dem gibt es dort nichts mehr als unser Fehlen. Durch das ich die Bilder an den Wänden erkennen kann. Als riefen sie mich wie im Märchen die Äpfel an den Bäumen. Wir sind schon überreif, komm schauen. Viel Schwarz und Weiß, graue Kanten, übergehend in den Raum, sich verzweigende Linien und Flächen, in denen andere Bilder erscheinen, huschen vorbei. Bleiche Straßen, aus denen das Blut gesickert ist. Blass die Fassaden, zerschlagene Fenster, aufgerissene Türen. Die Bäume kahl, stehen starr mit gestreckten Ästen. Flugblätter sind zu

Boden gefallen, übersäen die Straße. Ein Frühling ist angebrochen, auf den der Winter folgen wird. Menschen beugen sich über die Blätter, studieren sie, sind vertieft. Bilder ohne Schatten, die Perspektive aufgelöst, schnell hingetuscht, gingen um die Welt. Von den Lesenden, den vielen Menschen, ihrem Aufstand, trunken von sich, vom fahlen Licht am Ausgang des Winters, die lange Belichtungszeit der Vergeblichkeit. Die Bilder selbst sind Flugblätter des Gewesenen in diesem Morgenlicht. Als die Häuser zuschauten, wie sich Menschen von fliegenden Blättern auflesen. Wie viele von denen, die dort standen, sind noch da? Begleiten uns von Galerie zu Galerie, durch die Straßen, auf denen auch sie unterwegs waren, in Zeitungsredaktionen, Buchhandlungen, Hinterhöfen, kleinen Gassen. Wir erkennen sie auf den Bildern, es hat sie gegeben, bei ihnen die Fassaden mit großen Aufschriften, ein Fahrrad lehnt an einem Baum, ein Handkarren dabei. Einer von ihnen hockt am Boden, liest von da unten, was auf den Blättern geschrieben steht.

21

Eine Weinfabrik in Moskau

Lasst uns gehen, sagt Jaleh. Wir fahren durch enge, dicht bebaute Straßen. Merat deutet auf ein Café, das sie ein paar Jahre betrieben hat. Lief gut, sagt sie, bis ich rausgeworfen wurde. Schlimme Geschichte. Danach habe ich mich ein halbes Jahr ins Bett gelegt und bin nach Dresden gegangen. Sie biegt in eine Stichstraße ein, vor uns ein großes unbebautes Feld. Es reißt ein Loch in den Himmel, Licht fällt auf gelbe Erde, Steine, Disteln. Wir halten an, steigen aus, stehen auf offenem Feld, über das sich der Tag neigt. Schwalben aus dem Nichts umschwirren uns. Schlitzen den Himmel auf, jagen den Schatten der Mücken nach.

Ich denke an meine Reise nach Isfahan, wie ich erstmals in dieses Land gekommen bin. Mit vereisten Flügeln Anfang Februar von Wien aus, Pforte des Orient, alter Schlepperort. Gleich dahinter beginnt die Steppe, das Hochland, Landschaft der Endlosigkeit, Mitte der Welt, wo wir jetzt unterm großen Himmel stehen. Der Abflug verzögert. Riesige Autos mit Schläuchen und Düsen besprühen die Tragflächen mit Frostschutzmitteln. Wir sind schon fast fort, nur noch die Flügel befreien, das Eis. Vorher können wir nicht losfliegen, sagt der Kapitän. Es ist dunkel geworden, überall Scheinwerfer, Licht flutet, Wasser leuchtet in Strahlen, dramatisches Feld zwischen fort und da. Die Maschine so gut wie leer, taut langsam auf. Wir verlassen die kleine, geordnete Fläche des Flughafens, heben ab. Unter uns bald schon dunkle Hochländer voller Schnee, ab und zu winzige Lichtpunkte. Die Zeit uns voraus, Mitternacht längst überflogen, Verwandlung im Schlaf. Bündel von orangem Licht, eine Stadt, bald der Flughafen in Sicht. Wir landen, einziges Flugzeug, fliegt in einer Stunde wieder zurück nach Wien.

Kälte empfängt uns, eine Halle, große Bretterbude, hingestellt, die Frauen mit Kopftüchern. Sollten die Männer auch, sage ich. Ein Mitreisender dreht sich zu mir um, es täte ihm leid, sagt er, er hoffe, dass sich das bald ändere. Er lächelt zaghaft wie die Kinder in Kiarostamis Film, wenn sie über ihre Hausaufgaben sprechen, die sie nicht gemacht haben.

Bei den Taxen das mir mittlerweile so vertraute Verhandeln. Kein Fahrer ist allein. Alle sprechen mit, beraten sich, wo die Gasse sein könnte, in der das Hotel liegt. Es wird telefoniert, weiter gerätselt. Dann Kopfnicken, einsteigen, losfahren. Neben dem Fahrer auf dem Armaturenbrett ein kleiner Fernseher. Gläubige umkreisen die Kasbah, beten, singen. Dunkle Masse von Umhängen, Köpfen, Armen und Händen. Ziehen Kreise, schieben sich um den schwarzen Block, während wir durch die Nacht fahren. Die Straße frei, das Land leer, ab und zu eine Kuppel mit dem grünen Licht zuoberst.

Als wir in die Stadt kommen, schläft sie. Breite Alleen, dicht bestanden mit Bäumen, in denen der Himmel brütet. Es ist fünf Uhr, Isfahan erwacht noch lange nicht. Eine kleine Straße an der Ecke eines Blumengeschäfts, aus dem es blau leuchtet, eine Gasse, eine Kurve, noch eine, da sind wir. Klopfen an die Tür, Geschichte von der Heimkehr, bitten um Einlass, dahinter was? Es dauert eine Weile, bis der Portier uns öffnet, wir haben ihn geweckt. Er bringt uns zu unserem Zimmer, trägt Koffer, der Taxifahrer winkt zum

Gruß. Träumen wir? Nein, wir gehen über, ein paar Stunden. Dann der Tag, Licht, sehen, wo wir sind. Der kleine Hof, das Wasser im langen Becken mit blauem Eis, der Frühstücksraum ein großer glitzernder Schrein, die Wände voller Vögel, Blumen, Ranken, silberne Kacheln, spiegelnde Lampen.

Der Portier trägt die Töpfe mit frisch gepflanzten Stiefmütterchen in den Hof, hängt den Vogelkasten in die Sonne. Gleich fängt der Vogel an zu singen. Klar und schön in den Morgen, wirft seine Körner herum, klopft in den Spiegel, der ihm nicht antwortet. Er sieht trunken aus, hat kaum noch Federn.

Zwei Frauen regieren den Hof, die Zimmer, die Wirtschaft. Sie gehen kerzengerade, tragen braune Umhänge, Kopftücher, sprechen nicht, wissen alles. Eine alt, die andere jung. Sie bewegen sich wie Sufis auf unsichtbaren Füßen, als würden sie gezogen. Bei jedem Frühstück achte ich auf die kleinste Regung in ihrem Gesicht. Lächeln sie, ist der Tag gewonnen. Sie verneigen sich, nehmen unseren Dank entgegen, verzeihen ihn uns.

Noch immer stehen wir vor dem freien Feld, mitten in der Stadt, angewurzelt in der Stille. Die Galerie befindet sich in einem zurückgesetzten

Haus, von Glyzinien überwuchert. Ein kühler, moderner Bau. Fast japanisch. Böden und Treppen aus hellem Marmor. Es gibt Tee, Kuchen. Die Bilder wirken hier konzentrierter. In einem Seitenraum dann doch auch wieder eine ganze Serie des Demawand. Maryam ruft an. Wo wir denn bleiben? Ist es schon so spät? Ja, sagt sie.

Draußen vor der Galerie werden wir von Regen überrascht. Die Straßen sind voll, es wird dunkel. Autos und Fahrbahnen schwimmen um uns herum, stauen sich, halten an, drängeln weiter. Scheinwerfer ziehen ein dichtes Netz aus roten und weißen Linien. Zwischen den Insassen kurze Blicke. Kinder strecken Zungen raus, schreiben mit Fingern unsichtbare Zeichen gegen die Fenster. Jaleh und Merat sprechen Farsi miteinander. Entschuldigen sich. Sie müssten sich dringend aussprechen, hätten so lange nichts mehr voneinander gehört. Das geht nur in Farsi, sagt Jaleh. Der Verkehr bewegt sich kaum von der Stelle. Ich schaue hinaus, träume in einem Meer von Autos vor mich hin. Zwischendurch unterbrechen sich die beiden, sagen mir, worüber sie sprechen. Wechseln dann wieder zu Farsi. Jaleh kann sich nicht entscheiden. Ihr französischer Freund. Er wird sie bald besuchen. Es ist nicht sicher, ob er ein Visum bekommt. Irgendwann kann es sein, dass weder er noch sie reisen können. Sich nicht mehr sehen. Er will, dass ich nach Frankreich komme, sagt sie, dass wir heiraten. Das ist schwer. Ich will arbeiten, meine Bilder, die Kunst. Sie würden auch nicht gleich in Paris leben. Erst später, in einem oder zwei Jahren, vorher noch in einer kleinen Stadt im Süden. Auf jeden Fall im Sommer, bald, das Stipendium in der Cité des Arts, einen Monat. Und vielleicht dann für immer. Nicht zu entscheiden. Ihre Mutter, ihre Freundinnen, ihr Atelier, die Katze. Der Regen trommelt aufs Dach, gegen die Scheiben, Wasser läuft in dünnen Strähnen über die Fenster. Die beiden schrecken auf, reden schnell. Hat sich Jaleh entschieden? Sie geht nach Paris?

Nein, wir haben uns verfahren, sind in der falschen Richtung unterwegs. Liebe und Heimweh. Einfach den meisten Autos zwischen Paris und Teheran nachgefahren. Sie kramen nach ihren Handys, suchen die Route. Da, genau, rufen Maryam an. Wir kommen später, haben uns getäuscht, aber bald. Merat drängelt zwischen den stehenden Autos durch. Irgendwann sind wir auf der innersten Spur, können auf die Gegenfahrbahn abbiegen, die völlig leer ist. Fahren den Weg zurück, vorbei am Stau, wo wir uns stehen sehen können, viele Jahre später, grau geworden, alt. Wir grüßen uns.

Jaleh fällt ein, dass wir Blumen brauchen. Merat macht vor einem Blumengeschäft eine Vollbremsung. Wir durch den strömenden Regen in den Laden, suchen Blumen aus, ein paar Bündel. Wollen von dem jungen Mann, der dort arbeitet, dass er uns einen Strauß bindet, mit ein bisschen Grün noch dazu, bitte. Er starrt uns an, versteht nicht, was vor sich geht. Wer sind die? Woher kommen die? Was wollen die von mir? Er reißt die Sträuße auf, die Blumen auseinander. Schneidet sie viel zu kurz ab, versucht sie neu zu binden. Kreuz und quer geraten ihm die Stiele, die Blumen stehen ab. Er zieht eine endlose Schnur hervor, windet sie um die Stiele, hört nicht mehr auf damit. Wir starren ihn an, schauen fassungslos zu, was er mit dem Strauß macht. Merat sagt, jetzt hat er uns den hässlichsten Blumenstrauß der Welt gemacht. Er hält inne, endlich, schaut uns an. Wir müssen lachen, prusten los, können uns nicht mehr halten. Merat läuft aus dem Laden, ich wende mich ab. Jaleh versucht, ruhig zu bleiben. Sie zahlt, nimmt den Strauß, verabschiedet sich von ihm. Vor dem Laden schwenken wir den zotteligen Strauß, lassen uns nass regnen. Drei Blocks weiter wohnt Maryam.

Sie hat gekocht, den Tisch gedeckt. Es gibt Rotwein, den sie wie jeden Herbst mit ihren Freunden und Freundinnen in der Küche macht. In ihrem Schlafzimmer sehe ich eine Nähmaschine stehen, die halb fertig genähte Bluse auf dem Tisch. Sie empfängt uns, wir sind ihre Gäste. Merat und Jaleh sind ihre Freundinnen, kennen sich seit vielen Jahren. Maryam ist vierzig, Jaleh wird es bald, Merat hat noch ein paar Jahre. Alle drei sind geschiedene Frauen.

Wir essen, trinken, ich erzähle, wie mir in der Stadt immer wieder Szenen begegnen, die ich gelesen oder in einem Film gesehen habe. Ständiges Wiedersehen, alles schon einmal im Traum, in einem Text von Kafka oder einem Stück von Cechov erlebt. Vor ein paar Tagen im Tajrish-Basar, unter dem die Endstation der Metro tief in der Erde liegt. Der Aufstieg über viele Rolltreppen dauert mehr als zehn Minuten. Oben dann gleich das Gewimmel des Basars. Seine verschiedenen Bereiche, alte und angebaute Teile, Hallen, Häuser, Gänge, Höhlen, ihre wechselnden Stimmungen. Da läuft mir ein Junge über den Weg, etwa neun Jahre alt. Geht mit seiner Mutter durch die engen Gänge, hinter seinem Kopf ragt der Griff eines Schwerts hervor. War er ein Sohn Kafkas? Mir im Basar vor die Füße geschickt, damit ich begreife, dass ein Schwert am besten im Rücken getragen wird? Zwischen Haut und Fleisch? Da hast du dein Schwert. Die drei schauen mich an. Maryam sucht ihre Kafka Ausgabe aus dem Regal. Findet den Text, liest ihn uns vor. Von den Freunden, die den Schlafenden wecken, ihm mit vereinten Kräften das Schwert, das ihm bis zum Schaft im Rücken steckt, herausziehen. Die kostbare Waffe eines alten Kreuzritters, der sich in den Träumen unschuldig Schlafender herumtreibt. Wer aber duldet das?

Endlich glauben sie mir, dass alte Ritter selbst hier im Zimmer auftauchen können, wo ich mit ihnen und dem Gefühl vergangener Zeiten sitze. Auch wir kommen aus einem alten Stück, aus den großen Steppen zwischen Moskau und Teheran.

Sie sagen, sie warten, sie sagen, wir gehen nicht, harren aus. Sagen, wenn wir hundert sind, sind alle Frauen frei.

Draußen dunkle Nacht, wir am Tisch mit Tellern, Schüsseln, Gläsern, der Wein schwer, tiefrot. Alles ist mir vertraut, wie als ich jung war, gerade im Aufbruch, Schwung und Wahn und Trauer der Jugend. Noch weiß ich nichts vom langen Schmerz des Abschieds, und weiß schon alles. Ich schlage vor, dass wir, wenn es soweit ist, eine Weinfabrik gründen und die soll Moskau heißen. So lange bleiben wir, schwören auf den kreuzförmigen Griff des alten Schwerts.

22

Gärten der Nomaden

Aufstehen am Morgen und gleich den Blick auf die Berge. Grünes Schimmern unter den Schneekuppen, die von Tag zu Tag leichter werden. Das Frühjahr arbeitet sich in die Höhe vor. Nördlicher Rand, Elburz-Gebirge.

Barbara schreibt mir aus Basel. Fragt mich, ob wir etwas für das Antiatlas-Journal aus Kanada zusammen schreiben könnten. Thema Ausschaffungsflüge. Und der frühe Morgenhimmel, wenn sie abheben. Hallen und Gänge des Flughafens, die Sicherheitsbeamten, Kontrolleure, Ärzte. Die Uhren, das Personal in den Kantinen, die Produkte im Duty-Free Shop. Tausend Flaschen Whisky, Parfum. Alle machen mit, sind dabei, tun so, als wären sie Luft. Wer gibt die Befehle? Auf was wird gehört, wenn Menschen in Fesseln von Rechtswegen fortgebracht werden in den finsteren Wald, wie im Märchen Hänsel und Gretel?

Ausschaffen. Als hätten unsere Länder ein Innen, woraus etwas zu entfernen wäre, dann sind sie sicher.

Barbara ist in den USA groß geworden, dann Frankfurt, als ich schon weg war aus Deutschland. Historikerin, hat über Internationale Migrationsbewegungen habilitiert. Will von der Schweizer Aktion *Black Autumn* schreiben. 1985 Zürich-Kinshasa, streng geheim. Durch Zufall ging die Rechnung für Beruhigungsspritzen an die falsche Adresse. 59 Männer und Frauen, 114 Polizisten, 3 Ärzte zur Behandlung von Bisswunden. In den Zeitungen stand als Überschrift: Wie Vieh.

Ja, schreibe ich Barbara. Sitze in Teheran. Will ins Teppichmuseum. Die alten Gärten der Nomaden, immer unterwegs zwischen Kommen und Gehen, Fliehen und Niedersinken. Getrennt von ihrem Grund, ihren Menschen und Wesen, in deren Gemeinschaft sie lebten, aus der sie hervorgegangen sind. Am Boden der Zelte und Lager, mit nichts als dem Himmel darüber. Seite an Seite mit den Tieren, aus deren Wolle sie geknüpft sind. Finger, Knoten, Hand um Hand. In ihren Bäumen singen Vögel, die Wasserläufe voll mit Fischen, Gazellen trinken, auch Bergleoparden. Die heimwehkranken Teppiche, schreibe ich, sie träumen von den Nächten draußen im Land, den Sternen, dem Mond, dem Schlaf der Nomaden und ihrer Tiere. Umjagt von den Hunden, die bei der kleinsten Regung aufspringen, in die Nacht rennen, unsichtbare Reviere schützen. Beim Abschied am Morgen, wenn die Männer schon längst mit ihren Herden über die Berge ziehen, läuft die älteste Nomadin noch schnell ins Gehege, jagt einem kleinen gepunkteten Huhn nach, das sie denen mitgibt, die in ihrem Zelt genächtigt haben. Sie stecken es unter ihre Jacke, tragen es mit sich fort. Ohne jemals noch verloren gehen zu können.

Habe mir für heute vorgenommen, mit dem Bus ins Teppichmuseum zu fahren. Von dort werde ich dir schreiben, wie sie fliegen, was sie sagen und was sie von all denen wissen, die da, wo sie sich bewegen, ohne Ort sind, wie sie. Displaced in Raum und Zeit. *Kein Ort, nirgends.* Weißt du noch, das Buch von Christa Wolf zur rechten Zeit, als wir die Hoffnungen verloren, die Utopien ausblichen und die Iranische Revolution von sich selbst verraten in den Krieg zog. Wie damals, als Kleist und Günderrode lebten. Beide ergriffen von der Revolution. Finden sich nicht wieder ein, kein Stein mehr auf dem anderen. Zu weit hinausgerissen, um jemals sich noch zufriedengeben zu können. Auf eine andere Umlaufbahn geraten, ein Aufstand, von da kommt keiner mehr zurück. Im Buch sprechen sie noch immer. Vom Schmerz des Zerreißens, der Trauer, Verlassenheit, dem wilden Beharren. Ort der Ortlosigkeit, von dem lassen sie sich nicht vertreiben, bis heute nicht und morgen auch nicht. Bis bald also.

Die Bushaltestelle ganz in der Nähe, Nord-Süd-Achse der Valiasar-Allee. Es gibt sogar eine Express Line.

Dass Frauen vorn fahren, Männer hinten, kenne ich schon von der Metro. Habe keine Ahnung, wo in etwa ich aussteigen muss, und bald geht mein dicker Stadtplan von Sitz zu Sitz. Frauen beugen sich über die Karte, diskutierten, schauen mich immer wieder an. Einige streng, zurückhaltend, andere mit einem Lächeln. Eine junge Frau übernimmt das Kommando. Erklärt mir, dass sie bald aussteigen muss, dass dann ihre Banknachbarin mir Bescheid sagt, wann meine Station kommt. Nachdem sie auch den anderen erklärt hat, was der Plan ist, nicken sie. Als sie aussteigt, verabschiedet sie sich, wünscht mir alles Gute. Die neue Chefin winkt mir zu, ich stehe nun unter ihrem Kommando, keine Ahnung, wie lange noch.

Der Bus fährt durch, kein Stau, hält alle zwei Minuten an. Dann werde ich aufgescheucht, von allen Frauen auf einmal. Verabschieden sich von mir, schauen mir nach, als ich endlich draußen, am Rand einer dieser höllischen Verkehrskreisel stehe. Umtost von Autos, die aus fünfzehn Straßen auf einmal in den Kreis einmünden.

Entdecke einen der vielen verheißungsvollen Imbissstände, an denen es frischen Karottensaft gibt. Mit Eis und ohne. Ein paar dahergelaufene Plastikstühle, die früher einmal blau und weiß waren, stehen mit dem Rücken zum Verkehr am Rand des Trottoirs, ein kleiner Tisch daneben, da bleibe ich, am liebsten den ganzen Tag. Dort muss ich vor meinem Leben gewesen sein. Vielleicht als Stuhl oder Tisch. Ob in Indien, Essen, Japan oder San Francisco – solche Ecken sind mein Zuhause. Werde sofort ruhig, freue mich des Lebens, schaue den Passanten zu, den beiden Männern, die im Imbissstand arbeiten, heißen Mais mit geschmolzenem Käse verkaufen, Persische Hot Dogs, Eiscreme. Der Absatz reißend. Als ich weitergehe, begegne ich an einer Hauswand einem bunten Vogel, der neben einem Plattenspieler steht und singt *I'm so blue, so green, so red.*

Der Park, in dem das Teppichmuseum und

das für Gegenwartskunst liegen, ist riesig und an diesem frühen Donnerstagnachmittag voll mit Paaren, Kindern, Jugendlichen, schweren Krähen und Katzen, die ähnlich herrisch über die Wiesen stolzieren wie die Krähen. Das Museum für Gegenwartskunst ist ein futuristischer Bau, in Wellen und Wölbungen aufgefaltet. An der Eingangstür hängt eine dicke Eisenkette mit Schloss, keine Menschen, kein Licht. Nur ein Wächter ist sofort da, um mir mitzuteilen, dass es geschlossen sei. Wann es öffnen wird, will ich wissen. Er aber schüttelt den Kopf.

Am Straßenrand stehen kleine Autos, die Kaffee und Tee verkaufen, Kuchen und Mais. Auf der Wiese reihen sich Bücherkisten, ihre Händler hocken im Kreis. Auch hier treiben sich Katzen herum, schnurrend und dösend liegen sie über den Büchern. Lesen mit dem Bauch, der Lunge, ihren wachsam aufgestellten Ohren.

Vor dem Eingang zum Teppichmuseum, der durch kein Schild oder Hinweis kenntlich gemacht ist, schwirren Straßenkinder. Haben ihr Lager unter einem Baum, geben sich Kommandos, streiten, nehmen sich ab, was sie erbettelt haben. Harte Kämpfer, die Haare verfilzt, die Kleider zerrissen, zu groß oder zu klein, nie passend. Der

Kleinste der Gruppe steckt in einem T-Shirt, das ihm bis zu den Füßen reicht. Er sieht so verwegen wie verlassen aus. Hängt sich an meine Tasche, ist aber zu klein, um sie zu öffnen. Loslassen will er sie aber nie mehr. Seiner älteren Schwester gebe ich Geld, das ihr sofort abgenommen wird. Sie schreien, wollen dem Kleinsten zur Seite springen, hängen zu dritt an meiner Tasche. Halten mich fest. Nur mit Mühe und Not reiße ich mich von ihnen los. Das Museum liegt zurückgesetzt in einem abgetrennten Teil des Parks. Ein schmaler Weg führt zu seinem Eingang, kontrolliert von zwei Soldaten, sehr smart, sprechen ein elegantes Englisch mit mir, ihre Uniform in den Wüstentarnfarben Ocker und Gelb. Die Kinder wagen nicht, mir dahin weiter zu folgen. Am Rand des Gebiets sind die Bäume noch kahl, Glyzinien ranken sich hoch, lila Blütenrispen schaukeln im warmen Frühlingswind.

Was wäre, wenn ich zu dem Baum ginge, um ihn anzuschauen, seine Blütenpracht, frage ich den jungen Soldaten. Er lächelt und sagt, nein, ich solle es nicht tun, solle es mit ihm nicht verderben. Er müsse mich sonst zurückholen, es sei verboten, zu den Bäumen zu gehen. Dabei freue er sich doch, dass ich gekommen sei. Ich gehe dann auf dem schmalen Weg weiter, ungewiss, wo der Eingang sein könnte. Ob es ihn überhaupt gibt?

Der Grundriss des Museums ist ein Teppich. Die Pfeiler an den beiden Schmalseiten laufen wie Fransen aus. Hinter einem Mauervorsprung endlich eine schmale Tür, sogar offen, dahinter ein Wärter, der Tickets verkauft. Graues Licht empfängt mich, die Wände aus Beton, dann die Halle mit riesigen Teppichen, die die Wände steil nach oben zum Himmel auffahren. Auf einer Seite der Halle ein Verkaufsstand voller Bücher, Karten, Tücher und Geldbörsen mit aufgedruckten Teppichmustern. Der Verkäufer, ein alter Mann, räumt Bücher um, packt Tücher zusammen, sortiert Karten, als würde er jeden Moment schließen, fertig werden mit all dem hier. Dabei ist es erst früher Nachmittag, das Museum mindestens noch drei Stunden offen. Unter den Postkarten finde ich die Abbildung einer gelben Schüssel aus dem vierten Jahrhundert vor Christus. Ein Boot, seine Besatzung drei Männer, ihre Segel stehen ihnen vom Wind gebläht zur Seite. Sie schauen mich aus ihren schwarzen Umrissen im gebogenen Schüsselgrund an. Mit offenen Augen schon so lange auf hoher See. Von einer andere Karte blickt mich ein Palast aus gebranntem Lehm an. Hohe Säulen, eine offene Halle, Menschen, die auf dem Dach sitzen. Unter ihnen vielleicht Odysseus im Palast der Phäaken. Wie er einem Sänger zuhört, der von Odysseus erzählt, seinen Abenteuern, seinen Tagen, seiner Größe und dem traurigen Schicksal, das ihn ereilt hat. Da bricht sein Schmerz auf, seine Müdigkeit, die Trauer um all die Verlorenen, zu denen auch er zählt. So dass der Niemand aus der Höhle des Zyklopen, der Schlaue, Listenreiche wieder zu einem mit Namen wird. Und dieser, der da sitzt und bisher keinem seinen Namen gesagt hat, der aufgenommen worden ist am Hof der Phäaken als fremder Gast, in den nicht gedrungen wurde, wer er denn sei, in Tränen ausbricht und nicht anders kann, als sich zu erkennen zu geben: Ich bin dieser, von dem der Sänger singt, Odysseus, er lebt. Erst als ihm einer von sich erzählt, als wäre er ein anderer, der einmal gewesen ist, als hätte es diesen sagenhaften Odysseus jemals gegeben, kommt ihm das Bewusstsein wieder, dass er noch keine Geschichte ist, und sein Ende steht noch aus.

In der selben Nacht haben ihn die Phäaken übers Meer gefahren, ihn im Schlaf an Land gebracht. Nach Ithaka. *Hoben zuerst heraus aus dem hohlen Schiff den Odysseus / Ihn mitsamt dem Linnentuch und der schimmernden Decke / Setzten ihn dann im Sande ab /den vom Schlaf Bezwungenen.* Lassen ihn in einer Höhle zurück, segeln davon, erleiden – kaum haben sie sich ihrem heimischen Hafen genähert – Schiffbruch. Damit noch nicht genug. An der Stelle des Untergangs, nicht weit entfernt von der Halle, deren Abbild ich betrachte, wächst ein Felsen, der seitdem die Zufahrt versperrt. Ich kaufe mir die Karte, drehe sie um und finde einen Gruß von Poseidon.

23

Im Palast der Phäaken

Palast der Phäaken, offene Halle wie die, in der ich stehe. Das Jahr dreizehnhundertneunundsiebzig. Post von Poseidon, die Karte in der Hand, drehe und wende sie. Er wütet. Das bringt ihn durch die Jahrhunderte. Was soll ich ihm schreiben? Ich gehe in das Café auf der gegenüberliegenden Seite der Halle. Setze mich in eine Nische mit bunten Kissen. Außer mir keine anderen Gäste. Die Kellnerin beachtet mich nicht, ist mit ihrem Geliebten beschäftigt. Er sitzt am Tisch in der Mitte des Cafés, sie vor ihm. Kaffee gibt es seit hundert Jahren nicht mehr, ruft sie mir zu. Wie ich auf die Idee komme, es gäbe hier Kaffee? Zum Beweis reißt sie sich los und bringt mir die Karte. Kaffee dick durchgestrichen. Also Tee mit Safran. Gut, weil ich es bin, sagt sie, bringt mir kleines Gebäck dazu. Dann gleich wieder zu ihrem Freund, himmelt ihn an, umsteigt ihn, klettert über seine Beine, über den Stuhl. Liegt halb auf dem Tisch. Er lässt sich ihre Aufmerksamkeit gefallen, als ginge ihn das nichts weiter an, bleibt reglos. Ich trinke Safrantee, schaue dem Paar zu, seinem stummen Spiel der Ungeduld, Anlauf nehmen, immer wieder, jeden Tag von neuem. Nichts geschieht, das gleiche Stück, die Zeit vertreiben, die glücklichen Tage, warten. Raus kommt hier keiner. Der Alte an seinem Verkaufsstand packt schon mal weiter zusammen. Legt Jahr und Tag zwischen die Bücher, das Café und sein Paar kommen zu den Postkarten, zehn in einem Set, Abbildungen von Teppichen, Glas, Keramik. Und wohin mit mir, wenn endlich die Karawane kommt, sie mitnehmen wird? Vielleicht bereits morgen, dann ist das Stück zu Ende, und sie gehen fort für immer. Auch die Teppiche werden weiterziehen, ans Meer kommen, übersetzen. Ich träume vor mich hin. Eingenommen von ihrem Spiel, von den Farben der Teppiche an den Wänden der Halle. Sie umhüllen mich mit Tintorettos braunem Rot, Licht aus dem Inneren des Körpers. Brennendes Nachtbild aus der Accademia, im großen Saal der Rottöne. Bergung des Heiligen Markus, Namensgeber der Stadt, die Tintoretto beauftragt hat, das Bild zu malen. Wie Markus in die Stadt kommt, sein Leichnam ins Tuch gewickelt. Vom Rücken eines Kamels gehoben, hinter dem der Himmel brennt. Wind fegt durchs Bild, stürmt, ein großer Platz, rundum hohe Paläste. Aus den Fenstern lodern Flammen, Vorhänge werden ins Freie geweht, fliehende Menschen, Schemen, Schatten – das rote Braun wie das braune Rot der Teppiche hier in ihrem Beinhaus; Theater des Wartens und Vergessens.

Ich komme wieder, werde mit euch gehen, wartet auf mich, denke ich, als ich über die Schwelle zum Ausstellungsbereich trete, das Paar und den Alten zurücklasse, die Karte Poseidons in der Tasche.

Ein Wärter drückt mir Plastiküberschuhe in die Hand. Der Fußboden grau, mit einem verfleckten, früher einmal hellen Teppichboden ausgelegt. Die Decke heruntergehängt, niedrig, Neonlicht brummt in den Sälen. Der obere Stock geschlossen. Seit das Museum in den frühen siebziger Jahren eingerichtet worden ist, hat sich nichts geändert. Alles geblieben, stillgestellt. Die Teppiche halten den Atem an, die Augen geschlossen. Hängen in rechteckigen Rahmen aus braun lackiertem Stahlrohr. Das untere Rohr dicker, seine Oberseite aus Plexiglas, darunter Angaben zur Knüpfart, Zeit der Entstehung, Gegend der Herstellung, schummrig beleuchtet von uralten Lampen, von denen die meisten schon lange ihren Geist aufgegeben haben. Staubfilm über allem, verbindet die Oberflächen, die Luft, die Zwischenräume.

Ich gehe unter einem Schleier durch einen Vorhang, der nachgibt, ohne zu enden; kein Widerstand, nur ein Anhalten, Zögern. Was auch die drei in der Eingangshalle in Atem hält. Jeden Tag wieder. Warten, dass etwas aufhört, der Vorhang sich öffnet. Ist es nicht das, was sie mir alle sagen, jeden Tag? Wann wird etwas geschehen? Wann werden wir da weiterleben können, von wo wir schneller, als wir denken konnten, fortgetrieben worden sind?

Ich werde immer müder, meine Schritte schwer, die Lider, kann die Augen kaum noch offen halten.

Verstreut in den Sälen stehen runde Sitzelemente. Die Sockel aus hellem Schleiflack, Polster braun wie die Stahlrahmen, überzogen mit verwaschenem, bröckeligem Kunstleder. Auf einem dieser Sitze sehe ich das ältere Paar wieder, das schon mit mir vor dem Museum für Gegenwartskunst um Einlass gebeten hat. Nachdem uns der

Wächter von dort weggeschickt hat, haben wir mit den Schultern gezuckt, uns zugenickt und sind weitergegangen. Ich bin erleichtert, sie hier zu sehen. Dass ich mir nicht alles einbilde. Der Mann liegt mit nach hinten gefallenem Kopf auf der Lehne eines dieser runden Sitzelemente. Schläft mit offenem Mund. Neben ihm versinkt seine Frau in ihrem Handy. Das Braun der Sessel, der Einrahmungen gleicht dem, was in den Städten meiner Kindheit und Jugend modern genannt wurde; die Fortsetzung des Kriegs, als ganze City aus dem Boden gestampft. Nichts als Beton und Glas, mit Unterführungen, Stadtautobahnen, Einkaufspassagen, flachen Dächern, braunen Simsen, die Gehwege aus Sichtbetonplatten, dazwischen der alte Abgrund.

Ich folge dem Beispiel des Paars, lasse mich in einer Ecke, halb verdeckt von einem Teppich, auf einem der Sessel nieder und schlafe sofort ein. Versinke, verschwinde, verlasse Zeit und Raum. Narkose, Zwischenreich. Traum, Schlaf, Wach. Zeit der Ornamente, blühen auf, im Transit. Gedächtnis der Tiere, der Landschaft, Arbeit der Hände und Spindeln. Archiv der Verbindungen, Verwahrung des Flugs. Bei mir die Teppiche, die nicht sprechen, nur fliegen. Ziehen ihre Muster,

Fische, Vögel, Bäume und Quellen mit sich in die Höhe, senkrecht zum Himmel. Fahren wie Wände auf, Landschaft um Landschaft, entkommen über alle Berge. Sonst wären sie längst erstickt, verstummt wie das Land, das sie in sich tragen.

Sie geben mir ihr Verstummen mit, die Trauer, den Schmerz, von dem dieses Land erfüllt ist. Die Toten werden immer mehr, und mit ihnen das Schweigen. Auch das der Teppiche.

Als ich erwache, weiß ich nicht, wo ich bin. Komme von fern, aus anderen Jahren. Unterwegs mit Farben, Blumen, Bäumen, Bewegungen der Knüpfenden, ihren Augen, den Schafen, Fellen, die sie durchs Land getragen haben, von Futterstelle zu Wasserloch, von Lager zu Lager. Im Schlaf bin ich übergegangen, Teil von ihnen geworden, ihrer Wärme, ihrem Atem, der uns zurückführt zum roten Licht. Der rote Mantel Marias im Mai bei den Maiandachten, die Perlen des Rosenkranzes, Gruß an die Zeit, als es mich nicht gab. Als es vorher war und ich noch fehlte.

Wie oft habe ich mir als Kind auf dem Sofa liegend vorgestellt, an seiner Kante hinabzugleiten. Weiter und weiter, Schicht um Schicht durch Böden, Stockwerke, Erdschichten, durch Tunnel und Passagen, bis ich zur anderen Seite komme, wo die Rückwände, die Spiegelbilder, die anderen Versionen leben.

Alle sind sie da, im Dämmerlicht der Teppiche, unzugänglich und aufgehoben. Getrennt von ihren Landschaften, ihren Herden, dem Gewicht der Körper, die auf ihnen ruhen, schlafen, sterben. Sind wie ich durch die Tunnel gekommen, durch Zeit und Raum geglitten. Im Licht des Museums, seiner verwunschenen Sammlung der Gärten, Wege, Routen und Spuren der Nomaden, bin ich in die Ferne geraten.

Wurde ich gebracht? Habe ich etwas getan? Gibt es Spuren? Ich bin allein, die Wächter in ihren grauen Kitteln verschwunden. Stehe auf, unsicher, ob noch alles an mir dran ist. Bald sechs Uhr, es klingelt, das Museum schließt in fünf Minuten.

In der Eingangshalle finde ich alles verschlossen, die Kulissen hinter Gittern. An der Türe wartet ein letzter Wächter. Ungeduldig, dass ich das Museum verlasse. Die Soldaten in ihrem Häuschen schauen nicht auf.

Langsam, stockend kehre ich zurück aus der Zone der Vorwelt, dem Wohnsitz der Ahnen, wo geschrieben steht, dass es beginnt. An der großen Kreuzung, mit dem Rücken zum tosenden

Kreisverkehr, wo alles sich dreht, setze ich mich auf einen der ausgebleichten Plastikstühle, trinke frischen Saft und schreibe schnell eine Nachricht an Barbara: Namen rufen sich, wie Vögel sich rufen. Wenn ich mich als Kind fürchtete, vom Krieg träumte, sagten die Erwachsenen, das sei die Angst vorm Dunkeln, die hätten alle Kinder. Aus diesem Dunkeln rufen sich die Namen. *Deutscher Herbst*, *Schwarzer Herbst* der Schweiz. Dort schlägt das Herz eines unsagbaren Schreckens, einer noch immer nicht zur Sprache gekommenen Wunde und unmöglichen Trauer. Wer beweint die Fortgebrachten? Ihr Verschwinden im Bauch der großen Vögel, dem Grab in den Lüften?

Fortsetzung folgt. Wenn endlich die Karawane kommt.

24

Tout va bien

Ein warmer Abend, kurz vor acht, Gartenkonzert in der Schweizer Botschaft, Andreas hat mich eingeladen, ein Chansonnier aus der Westschweiz. Wird toll, sagt er. Ich bin spät dran, laufe zum Platz am Ende der Straße, finde kein Taxi. Zurück ins Geschäft an der Ecke, wo Hochbetrieb herrscht, Kunden bis auf die Straße, bilden kleine Gruppen. Noch immer steht die neue Kühltruhe mitten im Seitengang, versperrt den Eingang. Unklar, was mit ihr werden soll, dient einstweilen als Tisch und Ablage. Die Tochter des Besitzers mit dem kleinen Sohn kommt dazu. Heute zieht er ein Plastikauto hinter sich her, das immer wieder umfällt. Alle sprechen durcheinander, rufen sich über die Köpfe der anderen ihre Wünsche zu. Tüten und Geldscheine werden weitergereicht. Mehl, Käse, Gurken, ein Bogen Papier mit großen aufgedruckten Blumen. Ritual, den Tag zusammenzusammeln, die Taschen zu füllen, und bald kann es Abend werden. Ich stehe mitten darin, frage den Nächstbesten, ob er mir ein Taxi bestellen könne. Der Mann neben ihm nickt und gibt schon die Suche ein. Er spricht Englisch, ist der Besitzer des Cafés gegenüber dem Taxistand, wo ich am ersten Tag Kaffee getrunken habe. Seitdem bin ich nicht mehr da gewesen. Ihm ist das Öl ausgegangen. Beim Abschied lädt er mich ein, vorbeizukommen, übergibt mich der Obhut seines Nebenmanns, erklärt ihm, was zu tun sei, das Taxi schon unterwegs. Ich drängle mich nach draußen, um zu warten, werde von vier Männern begleitet. Als das Taxi auftaucht, winken sie ihm, passen auf, bis ich im Auto sitze und sie mit dem Fahrer geklärt haben, wohin er mich bringen soll und was ich zu bezahlen habe. Mir kann nichts mehr passieren.

Das Botschaftsviertel ist nicht weit, die Fahrt geht schnell. Von weitem sehe ich Gäste vor dem Seiteneingang des von hohen Mauern umgebenen Gartens stehen, durch die Baumkronen die langen Strahlen der Abendsonne. Neben der großen Terrasse ein weißer Imbisswagen, bereitet alle Arten von Kaffee, dazu süßes Gebäck.

Kulturanlässe in Botschaften sind so inoffiziell und zeitlos, wie sie es nicht sind. Ihre Gäste bringen Interessen mit und stellen dar, keine zu haben. Sie verdoppeln sich, treten als Botschaften ihrer selbst auf. Weder fremd noch zugehörig, geben sie sich als Teil einer Gesellschaft aus, die unter sich bleibt. Was sie sowohl beruhigt, wie es sie auch in Angst versetzt, denn sie wissen, was sie im Schilde führen. Entspannt ist das nicht, eher wie Zirkus mit angehaltenem Atem.

Hosna kommt, sie trägt eine Art Astronautinnenkleid. Kurzärmeliges enges Oberteil aus Silberpailetten, in den hochgesteckten Haaren einen Reif, an dem Perlen hängen. Alles glitzert, die Hose schwarz und eng, an den Schuhen hohe Absätze. Zuletzt habe ich sie mit Turnschuhen gesehen, am Tag unseres Ausflugs zum Niavara-Garten neben der Sommerresidenz des Schahs. Ehemaliger Sanatoriumsgarten, schlichte, leicht ansteigende Anlage aus Wasserbecken, schmalen Kanälen, alten Platanen. Mühelose Anmut, fast nichts, ohne Abschluss, offen daliegend. Enklave des Übergangs von Rand und Stadt, Berg und Ebene; ein bisschen Wasser, Wind, die Blätter, Licht und Schatten.

Immer noch kommen neue Gäste, einige setzen sich, andere bleiben in Gruppen stehen wie wir. Der Botschafter ist noch immer in den USA, seine Frau ist da, begrüßt uns. Der stellvertretende Botschafter tritt in heller Wildlederjacke, die blonden Haare lässig aus der Stirn streichend, auf die Terrasse, kündigt den Chansonnier und seinen Perkussionisten an. Der eine kauert am Boden neben seinen Klangschalen, der andere springt als nichtsnutziger ewiger Sohn auf der Bühne herum. Er liebt trotz allem das Leben, und das Leben kann nicht anders, als ihn zurückzulieben. Wie wir. Das ist seine Message. Schon singt er. Heiter, trotzig, immer charmant. Schon beim zweiten Lied sollen wir mitsingen. Oder sonst mitklatschen, fordert er uns auf, springt in den Garten, hüpft durch die Blumenbeete, singt um uns herum in die Büsche. Noch ein Lied. Dazwischen erzählt er von der Tournee. Passt gerade gut, sind auf der Durchreise, eben noch bei den Eskimos gewesen, dann Kirgisen, auch eine Art Eskimos. Ob wir mal hören wollen, fragt er, und schon singt er uns ein Eskimolied. Einige singen mit, auch wenn sie das Lied nicht kennen. Er sagt, er findet uns toll.

Hosna steht neben mir. Wir schauen uns an, lächeln und singen nicht mit. Er wieder zurück auf die Bühne, stellt seinen Perkussionisten vor.

Jetzt sollen wir aber bloß nicht aufhören zu klatschen. Während wir klatschen, läuft er ans Ende des Gartens und singt die letzte Strophe. Einmal hin, einmal her, so geht es weiter. Mittlerweile singen fast alle, nicht nur den Refrain. Selig und verschämt. Lange nicht mehr so gute Stimmung in der Botschaft. Er steht dann wieder auf der Bühne, verbeugt sich, singt, wirft Kusshände ins Publikum, dann singen nur noch wir, ein letztes Lied vom letzten Lied, *Merci Cherie*, das Publikum tobt, will eine Zugabe. Dem Sänger wird gedankt für seine Freude, die Jugend, wir sind gerührt, vor allem von uns selbst, dass wir uns so freuen können, und vor dem Kaffeestand hat sich eine lange Schlange gebildet. Die Gäste lächeln, sind heiter, betrinken sich mit Kaffee.

Ein älterer Mann starrt mich an, sagt, er kann es nicht fassen, ich sähe aus wie seine Flötenlehrerin aus New York, er wolle ein Foto von mir machen. Genau wie seine Lehrerin. Auch er ist Sänger, aber keine Chansons, sagt er. Unterwegs auf einer Konzertreise für Unicef, weltweit. Zu Besuch bei seiner Familie, die hier noch lebt, er schon lange in Amerika.

Hosna steht wieder neben mir, ich frage sie, ob sie mit mir auf den Friedhof im Süden kommt.

Ich will ihn unbedingt sehen. Bisher habe ich noch niemanden dazu bewegen können, mich zu begleiten. Jaleh will lieber nicht, auch Maryam zögert. Donya, die jüngste meiner neuen Freundinnen, war noch nie da und rät mir dringend von einem Besuch ab. Sie sagt, ihre Mutter hätte es ihr verboten, mir auch. Aber du als erfahrene Grenzgängerin, sage ich, komm doch mit. Sonst werde ich allein gehen.

Was willst du da? sagt Hosna. Zweitgrößter Friedhof der Welt, uralter Kriegsschauplatz, sage ich, immer wieder dem Erdboden gleichgemacht, den die Städte mit den Gärten teilen. Die kleinen Kampfjets aus dem Iran-Irak-Krieg, die auf hohen Eisenstangen über dem Gräberfeld der Gefallenen schweben, ich habe Fotos gesehen. Khomeini, der dort seine ersten Worte nach der Rückkehr aus dem Exil in Paris spricht. Als er sie den Toten in den Mund legt und damit entmündigt; Tote wie Wörter gleichermaßen. Wir müssen mit ihnen sprechen, sage ich, sie gehören zur Stadt, zur Geschichte, zu uns. Ich komme aus Deutschland, weiß, wie unheimlich die Toten ohne Grab sind. All die Verschollenen, Vermissten, Verleugneten des Kriegs, die vielen, die bis heute kein Grab gefunden haben.

Hosna schaut mich an. Wir brauchen, um leben zu können, Orte, wo wir uns mit den Toten treffen können, sage ich. Orte für die Ortlosigkeit, wo wir ihnen zuhören, sie zum Gespräch auffordern. Denn die Toten sind nicht einfach tot. Ohne sie haben wir kein Gedächtnis, verlieren wir unsere Geschichte, haben keine Zeit mehr. Aber was rede ich da? Die Verbindung mit den Toten ist wie die mit den Wörtern. Ohne das Gespräch mit ihnen haben wir keine Sprache, zu sagen, wer ist. Sie sind die andere Wirklichkeit, das zusätzliche Licht. Und ich will nachsehen, wie sie im zehntausend Meilen tiefen Schlund eines Friedhofs vor den Toren Teherans begraben liegen.

Sie zögert, bleibt unentschieden. Sagt, dass sie sich bei mir meldet, verabschiedet sich. Da weiß ich noch nichts von ihrer Dissertation über Persische Gärten, deren Formen sich überall auf der Welt in anderen Gärten wiederfinden lassen.

Es ist dunkel geworden. Nur noch wenige Gäste. Der Kaffeewagen schließt, kein Kaffee mehr. Es gibt ein Durcheinander mit den Ausgängen, draußen stehe ich neben einer Italienerin, wir freuen uns, uns kennenzulernen, was wir denn hier machen? Sie ist Geschäftsfrau, wir tauschen Visitenkarten aus, als wären es Glanzbilder, Prinz gegen Prinzessin, Blume gegen Strauch. Dann holt mich Andreas, das Taxi steht für mich am Haupteingang. Wir verabschieden uns und ich bin mir nicht sicher, ob ich nicht doch das Taxi der Italienerin nehme. Als der Fahrer, der kein Englisch spricht, eine völlig andere Route fährt, bin ich mir sicher, sage, er soll anhalten, zeige ihm meine Adresse. Er nickt, fährt weiter, und erst auf den letzten hundert Metern erkenne ich, dass ich bald wieder in Teheran ankommen werde.

25

Die Übersetzung von Mond ist Mond

Andreas und Clara holen mich ab, die Sonne scheint, die Bäume tragen ihr ausgeschlüpftes Blätterkleid, plustern sich auf, schweben an uns vorbei. Wir fahren ins Zentrum, finden das Übersetzer-Haus, den schönen Garten, das Café, wo ich mich gerne hinsetzen würde. Im Vorderhaus das Institut von Vahid, Plakate kündigen Lesung und Gespräch mit mir an. Der Saal im ersten Stock, gleich beim Eingang ein kleiner Tisch mit Süßigkeiten, Kaffee und Tee, der mich rührt und mit Zuversicht erfüllt. Viele Besucher sind gekommen, junge, alte, Männer und Frauen, unter ihnen auch Schriftstellerinnen und Schriftsteller, flüstert mir Vahid ins Ohr. Wir stehen dicht gedrängt um den kleinen Tisch, noch ein Tee, dann treten wir auf, reisen los, erträumen ein Gespräch, eine Zeit, teilen ein Mikrofon, stellen Fragen, hören zu, denken uns aus und werden ganz wirklich.

Guten Abend, schön, dass sie so zahlreich erschienen sind, sagt Vahid. Er ist heute Abend Stimmenimitator, Gedankenleser, überträgt Wörter und Wünsche, übersetzt, wie es ihm gefällt. Wir wollen zusammen zaubern. Vor Publikum, das Teil des Zaubers ist. Ich begrüße Sie zur Vorstellung der 423. Ausgabe der Literaturzeitschrift Buchara, sagt er. Ihr Chefredakteur, Ali Dabashi, groß wie ein Haus, sitzt neben ihm und nickt. Die beiden sprechen Farsi und Vahid richtet mir einen Willkommensgruß aus. Mich stellt er als Schriftstellerin aus der Schweiz vor. Unterwegs zwischen Japan und Persien, auf der Suche nach einem Buch, in dem es um das Gespräch mit einer Katze geht. Auch Vögel sollen ins Buch kommen, die großen, die lauten, die gestreiften und die kleinen mit den roten Köpfen. Hauptsache, sie singen. Nicht wahr?, sagt er.

Jeden Tag gehe ich durch die Stadt, sage ich, lese Straßen auf, Bäume, Menschen, den Einfall des Lichts, den Blick der Kinder, die an den Straßenecken sitzen, ihre Hausaufgaben machen und Gedichte auf blauem Briefpapier verkaufen: *Wenn du in mein Haus kommst, Freund / bring eine Lampe mit und ein Fenster / durch das ich auf die Menge in der glücklichen Straße schauen kann.*

Ah, sagt Herr Dabashi, Sie wissen, von wem die Zeilen sind? Ja, sage ich, und Vahid flüstert mir zu: Farrochsād. Herr Dabashi ist streng. Er will wissen, was ich sonst noch von der Persischen Literatur gelesen habe. Ich sage, ich bin schlecht mit Namen, kann sie mir nicht merken. Noch schlechter bin ich in Prüfungen. Es ist mir bis heute schleierhaft, wie ich je im Leben eine bestehen konnte. Vahid sagt, ist doch nur eine mündliche Prüfung. Also gut, sage ich: Chajjam, Hafis, Rumi, Saadi, Cheheltan, Parsipur und ein Buch, das auf Deutsch Skorpion heißt. Skorpion?, sagt Vahid, schon ruft einer aus dem Publikum den Namen des Autors, kennt ihn. Ein dünnes Buch von den Skorpionen, die im Krieg gegen den Irak jede Schlacht gewinnen.

The Scorpions, sage ich, hießen einmal meine Tanten, als sie eine wilde Gang waren und hinten im Garten ihren gesamten Hausrat samt Möbeln verbrannten. Aber das ist eine andere Geschichte vom Ende der Häuser und dem Überleben der Skorpione. Habe ich die Prüfung jetzt bestanden? Ja, gnädige Frau, sagt Herr Dabashi, sehr erfreut, und begrüßt mich noch einmal.

Vahid bittet mich, mein Projekt kurz vorzustellen. Am Anfang steht ein Zitat von Foucault, das mich völlig umgehauen hat, sage ich. Da ist alles enthalten, was mich zu Ihnen gebracht hat. Habe es zufällig im Vorwort eines Buchs zu Schliemanns Reisen, bevor er Troja fand, gefunden. Darin berichtet er von seinem Aufenthalt in Japan, 1865, kurz bevor das Land gezwungen wurde, seine Grenzen zu öffnen. Schliemann beschreibt Fremdheit und Unlösbarkeit von Orient und Okzident als ständige Verkennung. Die sich durchhält, uns zerteilt, dem Wahnsinn aussetzt, je vernünftiger wir uns gebärden. Ein Jahrhundert später schreibt Foucault in *Wahnsinn und Gesellschaft*: *In der Universalität der abendländischen Ratio gibt es den Trennungsstrich, den der alte Orient darstellt: der Orient, den man sich als Ursprung denkt, als schwindeligen Punkt, an dem das Heimweh und die Versprechen auf Rückkehr entstehen, der Orient, der der kolonisatorischen Vernunft des Abendlandes angeboten wird, der jedoch unendlich unzugänglich bleibt, denn er bleibt stets die Grenze.* So schön und apodiktisch kann nur Foucault schreiben. Groß und unerbittlich, bis er nach Teheran kommt, die Iranische Revolution ihn ansteckt und er von einer politischen Spiritualität spricht. Das ist sein Traum von den vielen Orienten, ihren Unzugänglichkeiten und den Subjekten, die sich gegen die Ratio jeglicher Universalität erheben. Danach suche auch ich mit meinem Buch.

Ein Mann aus dem Publikum meldet sich. Gut und schön, sagt er, aber ist das nicht einfach die Flucht aus der Sinnlosigkeit des Westens? Wie schon bei Foucault? Sein Traum von unserer Revolution, das andere Subjekt, das sich neu entwerfen kann, jenseits der Trennungen? Romantisch ist das, hat mit uns nichts zu tun. Wir leiden, versuchen auszuhalten, bleiben, wollen aber nicht so hier sein, wie wir sind. Nur in den Westen wollen wir nicht. Amis go home. Der Westen ist die Leere.

In der die Sehnsucht blüht, sage ich.

Ja, sagt er, dann haben sie Glück gehabt.

So viele Massaker, sagt ein junger Mann im Anzug mit Krawatte, der wie Kafka aussieht, und fängt mit Alexander an, den Arabern, dem Mongolensturm und endet mit den Engländern, den Amis.

Ich bin mit einem leeren Heft in dieses Land geraten, sage ich, über die Arabische See. In Folge von ein paar Sätzen, die früh im Leben zu mir gekommen sind. Es gibt noch einen anderen Reisenden, mit dem ich hier bin, Lévi-Strauss. Er widmet die letzten Worte seiner *Traurigen Tropen* dem Zwiegespräch mit einer Katze. Szene einer letzten Ausflucht, Entkommen im zwiesprachigen Katzengeschehen, den Atem anhalten, trauern. Ein Mann, den ich sehr liebte, sprach mir immer wieder vom Ende des Buchs im Gespräch mit einer Katze. Manchmal auch im Schlaf. Dass er sich wünsche, eines Tages die Geduld und Aufmerksamkeit zu haben, es führen zu können, absichtslos und voller Hoffnung. Er schien der Vorstellung verschrieben zu sein, und es war sein Verschriebensein, das mich sofort für ihn einnahm. So bin ich nach Teheran gekommen, sage ich, sitze neben einer Katze, die ein Übersetzer ist, und spreche davon, dass es beim Gespräch mit einer Katze nicht bloß um eine Metapher geht. Vielmehr darum, sie nicht zu verraten und in ihrer unreduzierbaren Andersheit zur Sprache kommen zu lassen.

Während ich auf Vahids Übersetzungen höre, gerate ich auf die vertrauten Spuren der alten Winterreise durch die Landschaft der Tagträume. Être dans la lune, sage ich, dort habe ich meine Schuljahre verbracht, bis wir den *Prinz von Homburg* in Kleists Traum gesehen haben, zusammen mit unserer Deutschlehrerin. Wie er da stand, am Rand der Bühne, traumverloren, schlafwandelnd, gespielt von Bruno Ganz. Ich sah, wie er sich im Schlaf den Geisterkranz aus Lorbeer flicht. Austräumend den zerrissenen Traum Kleists, bis nichts auf Erden ihm mehr helfen konnte. Aufgehängt wie der Mond im Gravitationsfeld der Erde, zwischen Abendland und Morgenland, voll Heimweh und Sehnsucht. 1973, Gastvorstellung der Schaubühne in Leverkusen. Am Ende wird dem Prinzen ein Triumphzug bereitet, Blumen werden über seine Bahn gestreut. Da ist er längst eine sentimentale Stoffpuppe geworden. Während der andere, der Prinz aus Fleisch und Blut, träumend am Bühnenrand zurückbleibt, von keinem beachtet.

Kurz vor meiner Abreise bin ich seiner Stimme wiederbegegnet. Bruno Ganz, der *Prinz von Homburg*, Kleist.

Im Radio der Bericht zu einem Dokumentarfilm über die Iranische Revolution, gerade in die Kinos gekommen. Der Erzähler des Films wird von Bruno Ganz gesprochen, der bei den Aufnahmen schon weiß, dass er nicht mehr lange leben wird. Die Ärzte haben ihm noch wenige Wochen gegeben, nicht genug, um zur Filmpremiere noch da zu sein. Seine Stimme ist dann die eines Toten. Ich habe mir den Trailer des Films angeschaut. Da ist sie gleich, die Stimme, die mich aus den Träumen der Tage vom Mond geholt hat. Im Film spricht sie von einem Freund, dem alten Kameramann, der neben ihm im Auto sitzt, wo es leer ist. Sie fahren durch die Nacht, es regnet. Der Erzähler ist sich sicher, dass es sein Freund ist, der mitfährt, dass er da ist, die Welt mit ihm teilt. Er sagt, das macht er manchmal, steigt zu mir ins Auto, dabei ist er seit zehn Jahren tot. So schaut der Film dem Tod bei der Arbeit zu. Wie alle Filme, nicht nur die, die von der Revolution handeln. Zwei Tote fahren im Auto, können nicht aufhören zu sprechen. Erzählen davon, dass sie gelebt haben. Und was sie gesucht haben, suchen sie noch heute.

Manchmal, wenn mich nicht alles täuscht, sehe ich sie hier in der Stadt an mir vorbeifahren. Wo sich die Autos wie Wasser bewegen, überall durchdringen, wie von selbst die Richtungen wechseln, fahren, um zu fahren, hinter den Steuern die alten Seelen der Nomaden, unterwegs auf den Routen der Sterne, sage ich. Mir fällt eine deutsche Kabarettistin ein, die, wenn sie sich einsam fühlt, die Staumeldungen des Verkehrsfunks anhört und sich schnell ins Auto setzt, in den Stau fährt, um nicht mehr allein zu sein. Unterwegs im Unterwegssein, in Gesellschaft der Fahrenden, wo sie warten, anhalten, ruhig werden. Ein paar Reihen mir gegenüber im großen Saal ruft ein etwa vierzigjähriger Mann: Wir sind immer einsam. Schreiben Sie das auf. Als würde er sagen, schreiben Sie sich das hinter die Ohren. Wir brauchen kein Meer, keine Wüste, keinen Verkehrsstau, wir brauchen nur uns, um einsam sein zu können. Das reicht, das ist genug. Und ich sage, ja, ihr habt die Toten auf eurer Seite. Ja, sagt er.

Dann lese ich ein kurzes Stück aus meiner *Schule der Indienfahrer*, vom Grenzübergang nach Täbris. Noch zur Zeit des Schahs. Überall hingen Bilder von ihm an den Wänden, über Wolken. Die Zöllner, das Zimmer, wie sie rausstarren, uns nicht beachten. Ihr Diener kocht Tee, spült die Gläser, die Beamten kümmern sich nicht um uns. Unsere Papiere sind ihnen gleichgültig. Stille, eine Fliege fliegt durch den Raum, uralt, sie kreiselt im freien Flug, die Richtungen scheinen sich in ihr zu überschlagen, dann setzt sie sich auf den Rand eines Teeglases, atmet schwer, fächelt mit den Flügeln. Der Raum abgestorben, die Zeit versiegelt, die Männer warten, etwas wird kommen, sie bemerken nicht, was geschieht. Wir gehen wieder, schließen die Tür, fahren weiter. So bin ich das erste Mal nach Persien gekommen, das nicht da war.

Eine Schriftstellerin im Publikum will wissen, wie ich auf die Fliege gekommen sei? Die würde alles sagen. Fliegen herrschen in den Räumen von Beamten, sagt sie. Sie sind ihr Abbild, ihre schillernden, unsterblichen Seelen, weder tot noch lebendig, transportieren das Unsagbare, sind wie Wörter, die nicht zu sagen sind. Immer noch in all den Zimmern der Verwaltungen zu finden, sagt sie, ein toller Einfall. Ich sage, ich kümmere mich um Fliegen, beobachte sie, vor allem die, die so schwer und sterbensmüde mitten im Winter plötzlich aufwachen und wie irr gegen die Fensterscheiben prallen, wieder und wieder. Dann liegen sie auf dem Fensterbrett, drehen sich auf dem Rücken, die Beine in die Luft gestreckt. Wenn ich denke, jetzt ist sie tot, und hingehe, bewegt sie sich gleich wieder, dreht sich um, brummt los und fliegt davon.

Noch einmal die Schriftstellerin, Vahid sagt, sie sei eine berühmte, mit der Fliege, sie geht ihr nicht aus dem Kopf. Sie gefällt mir, sagt sie. Würde sie gerne wiedersehen.

Eine Kollegin von ihr fragt, ob sie das richtig verstanden habe in dem Text von den Indienfahrern, es gäbe ein Ich, das erzählt, und ein Wir. Ob das Ich für Ich stehe, also mich, die Einzelne, eine, und das Wir für die anderen, die Gesellschaft? Ja, sage ich, das eine im anderen und das andere im einen. Wir sind nie nur eins und nie nur viele. Weder kann ich nur Ich sein noch nur ganz Wir.

Ein älterer Herr mit zerzaustem Haar will wissen, wie ich das Buch, das es noch nicht gibt, schreiben werde?

Langsam, sage ich, mit Geduld, es kommt schon. Vielleicht werden die Indienfahrer einfach wieder losfahren. Natascha, Kamal, Helmudo, Abdul. Es sind gute Figuren. Gleichen den vierzig Vögeln Attars. Auf der Suche nach ihrem Gott. Ich weiß es noch nicht.

Oh, ruft der, der wie Kafka aussieht, das sind doch nur dreißig Vögel. Sie fliegen auf den heiligen Berg, nicht nach Indien. Sie lachen, tuscheln.

Ich sage, Kiarostami wünscht sich, dass sich die Konstruktion seiner Filme aus Fehlern ergibt. Ich glaube, Fehler, Verwechslungen, Irrtümer sind die schwachen Mittel, von denen er sagt, dass wir mit ihnen in den Kampf gegen die Übermacht ziehen müssen. Noch nicht wissen, warten, dreißig Vögel und manchmal braucht es auch vierzig Vögel, all das gehört zu meinem Buch, der Fortsetzung der Suche nach ihm. Wie auch der Abend hier, unser Gespräch. Vielleicht ist jede Konstruktion eine Form von Ergebung. Wenn sich endlich ergibt, was nicht zu finden ist, nur zu suchen.

An dieser Stelle schaltet sich Herr Dabashi, der Verleger, ein. Das ist das Unsagbare, sagt er. Wir schwimmen im Meer des Unsagbaren und können nicht aufhören zu sagen, was ist.

Dabei kommt mir der Prinz in seiner Schlafwandlerei wieder. Ein heller Traum am Tag, in dem wir von uns in weiter Ferne sprechen.

Ja, sage ich, Vahid hat für meine vorausgegangene Lesung in der Botschaft ein Kapitel aus einem meiner früheren Bücher übersetzt. In dem sitzt ein Kind in der Küche der Großmutter, den Kopf auf dem aufgeschlagenen Heft, in dem es Diktat üben soll.

Hinter dem Kind, auf der breiten Fensterbank, das Aquarium. Worin unter Kokosnussschalen verborgen die Reste untergegangener Reiche liegen. Von Fischen bewohnt, überwuchert von Schlingpflanzen. Neben dem Aquarium auf der

Fensterbank stehen Gläser mit Hyazinthen, die Wurzeln ihrer Zwiebeln schwimmen als weiße Tentakel im Wasser. Während ihre Knospen vor sich hin dämmern, geschützt unter spitzen Hüten, die silbrig glänzenden Narrenkappen gleichen. Wenn die Großmutter schläft, setzt sich das Kind eine der Kappen auf, verwandelt sich zu einem Hyazinthenkind, bricht zur Reise über die Ortlosigkeit auf, durchquert die Abwesenheit der Schlafenden, sichert ihr Wiederkommen, von dem es abhängt.

Am Ende unseres Gesprächs frage ich sie, die mir mit ihrem tragischen Gefühl für das Unabänderliche zugehört haben, was sie denn wünschen, dass ich in das Buch schreiben soll.

26

Was ich in mein Buch von Persien schreiben soll

Wieder auf der Erde, zurück vom Mond im Meer des Unsagbaren. Dunkel schon, alle Lampen gezündet, aufgewühlt, euphorisch. Was sie mir alles aufgetragen haben zu schreiben. Abgesetzt an der Ecke des einbeinigen Schusters, Valiasar-Allee, Nähe des Tajrish-Basars seine Hütte, wo er Kunden und Freunde unterhält, die um ihn versammelt sitzen, rauchen, sich über Wasser halten. Erst vor ein paar Tagen habe ich bemerkt, dass ihm ein Bein fehlt.

Auf der Rückfahrt kaufen mir Andreas und Clara von den Kindern am Straßenrand einen blauen Briefbogen mit aufgedrucktem Gedicht: *Ich rede vom Ende der Nacht / Ich rede vom Ende der Dunkelheit / Und vom Ende der Nacht rede ich.* Wieder Farrochsäd. Als Andenken, sagen sie. Laden mich zu einem kleinen Empfang ein, übermorgen, bei ihnen in der Wohnung gleich um die Ecke zum Abschied. Vahid kommt auch, hat schon zugesagt.

Ich gehe in mein Stammlokal, kaum Betrieb, der Tisch im ersten Stock am Fenster ist frei. In den Scheiben spiegeln sich die Lampen des Restaurants, hell in Reihen, Tische und Stühle schweben schräg aufgehängt im Dunkeln. Dahinter Äste, Zweige, das dichte Blattwerk eines Baums; die Sicht auf den Silberteich mittlerweile zugewachsen.

Gegen Ende der Veranstaltung war nicht mehr auszumachen, wer zu wem was sagte. Wir schwirrten, riefen, gingen über. Aufgedreht, überschießend, ohne jede Beweislast sprach alles mit. Als Vahid die Veranstaltung beendete, sich nochmal rundum bedankte, standen alle auf, und keiner dachte im Traum daran zu gehen. Wollten lieber bleiben, Wörter in der Luft und auf der Zunge, noch ein bisschen stehen, sich umeinanderdrehen, was sagen, ein Einfall, und warum aufhören?

Nach vielen Fotos, letzten und allerletzten Anmerkungen, Wünschen, Einladungen ging Kapitän Dabashi als Erster von Bord. Dann nochmal Hände drücken, ein Foto, es hat uns gegeben; Saal voll von Wörtern, Sprachen, dichtem Fährverkehr, kaum noch zu erkennen, ganz wir selbst.

Auf dem Tisch neben Messer und Gabel liegt mein Notizheft. Ich versuche zu notieren, was sie mir aufgetragen haben. Die Kellnerin sieht wie eine alte Hippiebraut aus. Ihre langen schwarzen Haare offen auf dem Rücken, das Kopftuch weit nach hinten gerutscht, ihre Augen schwarz umrandet, die Lider braun. An den Ohren schaukelnde Ohrgehänge, klirrende Reifen an den Handgelenken. Vielleicht träume ich mit offenen Augen, das Gespräch wie ein Anfall, völlig zerstreut, trunkene Drosseln. Sie bringt mir gebratenes Huhn, Reis, Auberginen. Ich schaue sie an, ob sie nicht doch eine von früher, nicht hier, nicht heute ist, als es noch Hippies gab. Sie lächelt und geht.

Zuerst soll ich die Schönheit aufschreiben, haben sie gesagt, die sinnlose, die nicht aufgehört hat zu existieren. Ohne sie würde ich nirgendwohin kommen.

Wir leben für sie, sagten sie, wie wir für unseren Schatten schreiben. Denken an Hedaquat, *die blinde Eule* der persischen Moderne. Sie fliegt in der Nacht, kommt durch die Jahrhunderte, blüht in den Gärten unserer Teppiche, spricht aus den Schriften unserer Dichter, haust unter Kuppeln, schlüpft in die Rosenbüsche an den Mauern der Häuser. Die sind wir, sagt Herr Ferdosi aus der

Ferdosi-Straße, soll ich schreiben, sagt Herr Ferdosi.

Und schreib von den *Sisters of Mercy*, dem Lied im Schlaf, ihrer Adresse im Mondlicht. Wie sie ausharren in den Wörtern der Zeit, den Tuwörtern, die den Kindern ans Herz gelegt werden, hat mir Vahid übersetzt.

Schreib so, dass wir deine Katze sein können, sagt die Frau, die das mit dem Ich und dem Wir angesprochen hat. Das eine im anderen, das andere im einen. Macht zusammen drei, soll ich dazuschreiben. Und dass das nicht absurd ist, sondern wirklich.

Wer hat das vom Nichtwissen gesagt? Und von der Liebe zur persischen Dichtung, zu ihren Müttern und Vätern, zu den Toten und ihrer Zeit. Zu den Vögeln, die nicht aufhören, mit ihren Schnäbeln auf die Grabsteine zu klopfen, wenn sonst keiner kommt. Der Liebe zum Morsealphabet der Krallen und Schnäbel, der hüpfenden Worte, der Sterblichkeit ihres Flugs.

Und schreib von dem Volk, das sich erhoben hat. Von einem Tag zum anderen furchtlos geworden. Was eine Tatsache ist. Die Erde fing an zu träumen. Träumt Hals über Kopf, nicht aus der Welt zu schaffen. Auch wenn in manchen Jahren die Galgen nicht reichen und die zum Tod Verurteilten an Kränen aufgehängt werden, draußen, unter freiem Himmel.

Ich höre sie zu mir sprechen von der Gasse, die ihr Herz aus einem Viertel ihrer Kindheit gestohlen hat. Fürchte, was sie mir anvertraut haben, mit meinen Worten zu verderben, halte inne, schaue in die Zweige des Baums vor meinen Augen. Dunkel da draußen, dichte Blätterhöhle, abgewandt, weit fort. Zwei Vögel kommen geflogen, setzen sich auf einen Zweig, bemerken mich nicht. Sie plustern sich auf, seelenruhig einer neben dem anderen, drehen manchmal den Kopf, zupfen an ihren kleinen Brustfedern, hüpfen auf der Stelle. Ich mache scheuchende Bewegungen mit der Hand, will sie warnen. Ihr seid in Gefahr, unseren Blicken ausgeliefert, schützt euch, fliegt davon. Nichts, sie reagieren nicht. Vor meinen Augen eine Welt mit zwei Vögeln im Baum, in der nichts von dem, was ich denke und sehe, zählt. Ihnen fallen die Augen zu, erst dem einen Vogel, dann dem anderen. Irgendwas lässt einen von ihnen hochschrecken, er hebt den Kopf, fliegt auf, der andere bleibt sitzen, öffnet für einen Moment die Augen. Bald darauf ist sein Begleiter wieder da. Sie sinken auf ihrem dünnen Zweig in eine doppelte Abwesenheit von Schlaf und Nichtsehen, fliegen, ohne zu fliegen, aus. Und die Augen, die das sehen, sind weder ihre noch meine. Sie vertrauen der Blindheit, dem Schutz der Schutzlosigkeit, den schwachen Mitteln; sie heben vor meinen Augen die Welt aus den Angeln.

Mir fällt die junge Frau ein, die ich vor ein paar Tagen in der U-Bahn kennengelernt habe. Sie studiert Mathematik und hat mich zum Kaffee eingeladen. Die Mathematik, hat sie gesagt, kennt immer eine Lösung. Und dass sie das mit Zuversicht erfülle. Zum Abschied hat sie mir ein Blatt geschenkt, auf das sie eine Blume gemalt hat; rot und leer.

Schreib von unserer großen Geduld, fest wie die Berge, haben sie sich gewünscht. Und bring uns mit deinen Worten in unser Land zurück.

Schreib Peter Brook, dass er wiederkommen soll, um erneut an den Königsgräbern in Persepolis sein Stück von *Orgast*, dem Söhne schlachtenden Vater, aufzuführen. Wie damals, Schiras-Kunstfestival 1972, noch nicht lange her. Auf Einladung von Farah Diba, zweite Frau eines geschlachteten Sohns, Mutter des nächsten geschlachteten Sohns. Schauspieler aus aller Welt haben die alte avestische Sprache der Zoroastrier gesprochen. Da, wo sie wohnt, unter freiem Himmel, auf der Bühne der Nacht, Gräber und Ruinen im Morgengrauen, kein künstliches Licht.

Und schreib, was mit den Schlangen geschah, die in den Königsgräbern lebten. Ihre vergifteten Kadaver suchen seitdem die Wüste heim.

Schreib, dass wir kämpfen. Dass Schwäche ein Weg ist. Unrecht nicht. Und dass wir nie so denken werden wie deine Sprache.

Vergiss Ali nicht, schreib im Traum und folge seinem Fisch, einem Stück Seidenstoff mit perlenbesticktem Saum. Vergiss bloß nicht, was der Mond sagt. Eins ist, was im Traum zu sehen ist, was anderes sind die Bilder von Bergen, die wie Schwalben die Mücken im Flug melken.

Schreib von den Reisen, die uns zu anderen machen. Vom Mondlicht, der Wüste, den umherziehenden Horizonten, wie es sie nur in Persien gibt, von der Rückkehr der Nomaden ins Land. Dem Sterben, Vergehen, Vergessenwerden.

Schreib auch von den wahrsagenden Vögeln, trainiert, mit ihrem Schnabel einen Zettel aus dem länglichen Kästchen zu ziehen, auf dem dein Glück geschrieben steht. Geh damit, wohin deine Füße dich tragen. Und dann immer weiter.

Schreib von den großen Festen, wenn wir der

Toten gedenken, zusammen trauern und den Armen zu essen geben.

Schreib vom Zimmer des Kinds, das ich war, sagte ein Mann in blauem Anzug, oben beim Staudamm. An der Wand über meinem Bett hing ein Kalender mit dem Bild des Fünffingergebirges. Dort wuchs ich auf, umgeben von all den vielen Sprachen des Lands, jedes Tal mit seinem eigenen Klang inmitten der Königskerzen, die mir die Landschaft zugeflüstert haben.

Und schreib keine Verklärung. Wasch deine Augen. Der Klee ist so schön wie die Lilie.

Schreib, dass wir verraten worden sind. Dass wir eines Tages frei sein werden, um alles wieder so machen zu können, wie wir es gemacht haben.

Schreib, wie wir ins Leben kommen. Jeder und jede. Ungefragt, ohnmächtig, abhängig, so gehen wir auch wieder.

Schreib, dass wir am ersten Tag der Reise nur so weit reisen, dass wir noch schnell einmal umkehren können, holen, was wir vergessen haben. Alles, was wir finden, ist unsere Abwesenheit, die uns erwartet.

Und schreib uns. Das ist alles.

Die Hippiebraut fragt mich, ob es gut war,

ich nicke. Ja, wie immer. Die Frau an der Kasse wünscht mir einen guten Heimweg, ich soll wiederkommen. Draußen ist Nacht, ich weiß nicht, wie ich nach Hause komme.

27

Die Katze spricht

Als ich in die kleine Straße einbiege, an deren Ende ich wohne, ist der Laden an der Ecke geschlossen. Alles dunkel, seltener Anblick. Muss schon nach Mitternacht sein. Vor der Haustür, kaum bin ich die paar Stufen zum Eingang hochgestiegen, liegt die Katze da. Wie gerufen. Seit Tagen nicht mehr gesehen. Sie klagt nicht, schaut nur, sagt: *When the Tigers broke free.*

Ja, ich bitte dich, sage ich.

Anzio 44 im Morgengrauen, so lange es geht den Brückenkopf halten. Danach sind mehrere hundert Soldaten tot. Sie spricht im Schlaf, aufgerissene Augen: Bleiben zurück, zerschossen, sterbend, der Vater dabei. Und eines Tages in einer Schublade das Schreiben von König Georg an die Mutter gefunden. Goldumrankt, Eichenlaub, königliches Siegel: Gefallen fürs Königreich. *The Wall.*

Pink Floyd, sage ich, ganz leises Lied. Fast unsichtbar, lauernd im Morgengrauen, wartet auf uns, die alte Angst.

Die alte Angst, sagt die Katze, noch sind wir nicht tot. Gute Nacht. Sie rollt sich ein, die Tiger im Kopf, schläft weiter.

Im Flur öffnet der Aufzug seine Türen, die Stimme aus dem lichten Tag, vierter Stock. Diesmal klingt Pink Floyd aus der Bar Byron, im letzten Winter hoch über dem Lago di Nemi, Vulkansee vor den Toren Roms, wo einmal ein Tempel der Juno stand und heute Erdbeeren angebaut werden. In den Geschäften des kleinen Orts, der weit über dem See am Berg hängt, bieten sie alles aus Erdbeeren an. Nudeln, Würste, Kuchen, Cremes, erdbeerbedruckte Stoffe, auch Plastikerdbeeren und solche aus Glas. Selbst jetzt im Winter verkaufen sie die Schalen mit den kleinen roten Früchten. Dabei hat das neue Jahr gerade erst angefangen, Tag der Hexe, Epiphania, viel zu früh dunkel geworden. Die Bar voll mit Familien, stehen unschlüssig herum, sind dabei aufzubrechen, seit dem Mittag im Salla da Pranzo gefeiert. Aufgedrehte Kinder toben kreischend, springen über Sessel, paddeln flach auf dem Boden, spielen gestrandete Walfische. Die Erwachsenen ebenso, kommen nicht weg. Die Frau hinter der Theke schaut zu, wartet auf den Feierabend, ihr ist langweilig, bald wird sie die Bar schließen, die Lichter löschen, Ruhe. Ein älterer Mann an der Theke, wahrscheinlich so alt wie ich, schlägt mit dem Fuß einen Takt, singt leise mit. Musik aus dem Hintergrund, auf die ich erst durch ihn höre. Kommt von weit her, kenne das Lied in- und auswendig, kann es mitsingen, den Takt mit dem Fuß wie der Mann. Dann erst fällt mir die Liedzeile ein. *We don't need no Education*, Titel und Schlachtruf. Bleibt weg von uns. Kein: *Stand up please / stand straight / touch your head / come quickly / sit down / don't sit down / go out / go out slowly.* Nein, brauchen wir nicht, nicht die Erziehung vom Pudding, den du erst bekommst, nachdem du die Kartoffeln gegessen hast. Kein Lohn der Angst, Brief vom König, wenn sich wieder ein Befehlshaber getäuscht hat, schon reiten sechshundert ins Tal, die Tiger brechen los, die Väter tot und wir bleiben übrig. Nein, geht nach Hause. Alle haben es gesungen, überall, jahrelang. Nicht aus der Welt zu denken. Nie mehr. Bis wir es vergessen haben, Amnesie, Koma, endlose Zeit.

Ich sitze unter der gebogenen Lampe, die Harlekine bedienen die Maschine des Theaters im großen Zimmer des Waffenhändlers, Vorstellung mit Katze und Tigern, ein Lied tritt auf. Also gut, gehen wir in die Zeit zurück. Die Indienfahrer und ihre Schule, aufgetaucht am frühen Abend, ein Stück ihrer Reise vorgelesen, weiß der Teufel, wie Vahid das alles übersetzt hat. Meine Freunde, mit denen ich nochmal nach Indien gereist bin. Mit ihnen saß ich in Mumbai, als mir der Name der Arabischen See aufging, die Richtung sich drehte, Osten und Westen kopfstanden. Unsere alte Theatergruppe, nächtelang geredet und uns ausgedacht, was wir alles spielen könnten. Natascha, Theatertier geblieben. Wo sie auch wohnt, stehen die Pflaumenbäume hinterm Haus, folgen ihr, müssen nur noch gesattelt werden. Kamal, unser Filmer, Mutter Teresa im Herzen, sein Film in Kalkutta und geboren in Bottrop. Abdul, Weißclown, der Klügste. Auch er beim Theater geblieben, Gießen nie verlassen. Camille, unsere Schönste aus gutem Haus, Psychiaterin, wollte was heilen, harrt da noch immer aus. Helmudo, der Karawanenführer, dünn wie ein Aal, hat mit einem VW-Bus angefangen. Dazu kommt Véronique, die noch immer ich bin. Schüler einer Schule der Unbelehrbarkeit, schräge Vögel der Attar-Schule. Wie sehr wir gehofft hatten, unseren alten Freund Alexander wiederzusehen, zur Retrospektive seiner Filme in der Schweizer Botschaft. Er kam nicht, nur sein Film über uns aus dem fernen Land der Jugend. Verkleidete Engel im Schnee, übrig geblieben nach der Demonstration durch die weihnächtlichen Einkaufspassagen. Vom Himmel gefallene alte Filmbilder im Wald von Krofdorf, langsamer Schneefall, verstreut auf dem Waldboden, aufgetaucht aus den Raunächten, Bild für Bild, Schnee für Schnee, bleiche Schatten, nichts als dieses Flirren, in dem wir uns langsam auf uns zu bewegen. Da sahen wir, was uns in das Indien der blauen Hunde von Dharavi, das Indien der Grausamkeit seiner unbezähmbaren Götter gebracht hat. Angeführt von Helmudo mit seiner verlorenen Seele, immer wieder aus der Kurve getrieben, nie mehr zurückgekehrt. Von weit her hat er uns angerufen, und wir folgten ihm. Auch am frühen Morgen nach der Filmvorführung, als wir durch Delhi gingen. Seefahrer auf schwankendem Kurs, die nicht fertig werden, nicht zurechtkommen wollten, nur weiter dem Gefühl folgen, dass es sie gegeben hat. Eines war uns in der Nacht nach dem Film, am Ende unserer Indienreise gewiss: Wenn wir aus unseren Träumen auswandern, sterben nicht die Träume, nur wir. Über uns schwebten die großen Vögel in der Dämmerung, spannten ihre Flügel aus, hielten Ausschau nach Leben. Und nachdem wir am Nachmittag Hanuman, den König der Affen und Erfinder der Grammatik, mitten in Delhi im Wald rund um den Regierungssitz getroffen haben, begleitet von seiner wilden Horde, waren wir in der Nacht, nicht ohne uns vorher noch lange zu verabschieden, zu umarmen, zu küssen, mit tausend Schwüren, wie alte Indienfahrer das so tun, davongeflogen. Das war Ende November.

Dann saßen wir in verschiedenen Ländern und Städten an unseren Tischen, auf Bühnen, in betreuten Wohnheimen. Verwirrt, der Raum aus den Angeln, die Richtungen im Kreis, wir fehlten uns und waren noch nicht am Ende angekommen, nicht da, wo wir hätten Abschied nehmen können.

Diesmal war ich es, die alle anrief.

Zuerst Helmudo. Wir müssen weiter, bis ans Ende der Welt.

Du meinst den Bretterzaun unserer Kindheit, hinter dem nichts sich verbirgt?, fragte er.

Ja, weder Asche noch Phönix.

Das Ende der Illusionen ist auch nur Illusion, sagte er.

Spinnst du?, sagte ich und rief als Nächsten Abdul an.

Wo soll das sein?, sagte Abdul.

Death, Destruction and Detroit, sagte ich. Spielt auf dem Mond, dunkle Seite. Bob Wilson, Schaubühne, 1987.

Das langsamste Theater der Welt, sagte Abdul. Ich erinnere mich. Mit Tieren, die es schon lange nicht mehr gibt. Drachen, Riesenquallen, in denen hunderte Glühbirnen aufleuchten. Rosa Dampf steigt aus Mondkratern, Fallschirmspringer fallen, Zeitungen fliegen in die Höhe, kommen nicht mehr wieder. Eine Großmutter erzählt dem Kind die Geschichte vom Bären, dann wird das Kind ein Bär. Ein dünner Mann tanzt in grünen Knickerbockern, über seinem Kopf hängt eine riesige Glühbirne. Theater.

Musik von Keith Jarrett, Köln-Konzert, einen Sommer lang jeden Tag unablässig gehört, weißt du noch, meine Wohnung in der Bleichstraße, das hohe Zimmer, Turm über der Wieseck, sagte ich.

Als wir Kinder waren, war das Ende der Welt ein Bretterzaun in einem Western, ein paar wenige ausgedörrte Büsche, kein Saloon, keine Bardame, kein Cowboy, die Indianer alle tot, sagte Abdul.

Wir gingen in dicken Mänteln und Mützen an den Fluss, der ein Strom war. Auf dem trieben Eisschollen zum Meer, das war hellblau, Eisbären liefen unruhig am Strand, richteten sich auf, warteten auf ihr Fressen, wie im Kölner Zoo. Die Vorstellung von *Peterchens Mondfahrt* in den Rheinterrassen, wir reisten zum Mond und sehnten uns nach der Erde. Das war kein Theater, Abdul.

Das Ende schon hinter uns, sagte Abdul, und in unseren Taschen die Mickymausbildchen von den Kaugummikugeln.

Ja, sagte ich. Rief als Nächsten Kamal an.

Du musst uns begleiten, die alten Kinder des Olymps filmen, Reise zum Ende der Welt.

Wie schon einmal im Wald von Krofdorf, sagte Kamal.

Den letzten Liebenden nach, sagte ich, Blut der Imagination, Kampf gegen die Trockenheit des Herzens. Neuer Film vom Jarmusch, Vampire, alte Hippies, ihre schönen Kleider, die Liebe und ihre lange Zeit.

Auch Natascha erzähle ich von dem Film. Da müssen wir hin, sagt sie, dem müssen wir nach. Wie schon einmal ein Jarmusch-Film uns nach New York gebracht hat. *Stranger than Paradise*. Im schönsten Schwarzweiß der Welt. Spiel der Schatten und Schemen, des Ungefähren in klaren Bildern, ein paar junge Leute wie wir, auf der Suche nach dem, was fremder ist, als jedes Paradies sein kann. Möge unser Schatten wachsen, sagten wir damals, im Sommer 82, ein Tag im August, Café Luca, Greenwich Village, Ecke Canal Street, ich erinnere mich. Gegenüber auf dem Dach der Chase Manhattan Bank Party. Über der lauten Kreuzung, durch den ganzen heißen Himmel voller Sirenen, Autos, schreit das Lied von der Erziehung, die wir nicht brauchen. Geladen wie ein Blitz, elektrische Liebe, die den Himmel durchzuckt.

Am Tag darauf rief Helmudo an. Hab ihn mir angeschaut. Sentimentale Vampire, traurige Rockstars, denen das Blut ausgeht. Kitsch, sagte er. Detroit als Kulisse, ständig die Beschwörung des Untergangs, den es nicht geben wird. Vampire fand ich schon immer doof.

Also gut, sagte ich. Abgemacht.

Ende Januar steht unser Plan, nach Detroit zu reisen. Außer Camille kommen alle mit. Natascha und ich vorher noch ein paar Tage nach New York, reine Sentimentalität, irgendwo zwischen den Schnitten, in denen der Tod für uns arbeitet.

28

Ausflug nach Detroit

Februar, März, April. Zimmer im Double Tree Resort Hotel, Downtown Detroit gebucht. Ende Mai New York, Mann aus Tansania neben mir im Flugzeug, rosa Anzug. Natascha auf dem Flughafen, nicht J.F.K., wo wir 82 das erste Mal im Hochsommer in New York ankamen, empfangen von süßem Fäulnisgeruch, der uns nicht mehr von der Seite wich. Mit einem klapprigen Bus fahren wir in das neu aufgeräumte New York. Aus dem Lautsprecher Nirvana, *Come as you are, as a friend, as an old enemy*. Wir wohnen in Brooklyn, haben uns eine kleine Wohnung gemietet, gehen jeden Morgen ins Starbucks um die Ecke Kaffee trinken, treffen dieselben Menschen. Eine Gruppe alter Anarchisten, ehemalige Soziologieprofessoren und Ökonomen, die sich hier zum Gespräch finden, bleiben den halben Tag, haben ihre Stammplätze und werden ungeduldig, wenn sie die besetzt finden. Jeden Morgen kommt eine junge Familie mit einem Kind im Kinderwagen, das einen schönen Kopf hat, sanfte Augen, seine Bewegungen ohne jede Hast. Die Mutter streicht ihm immer wieder über den Kopf, wie ein leichter Wind. Der Vater daneben schaut zu, liest ihnen manchmal was aus der Zeitung vor. An der Leine ein kleiner Hund, der alle bewacht. In den nächsten Tagen sehe ich den Blick des Kinds genauer. Er geht durch alles durch. Strömendes Sehen, aus anderen Gegenden hierhergebracht. Kind dans la lune mit seinem strahlenden Mondkopf. Und was ihm sagen? Oh Kind, wilder Apfelbaum im Garten des Lehrers der Nomadenkinder. Seine Eltern zarte Beschützer, immer um es herum, Blicke und Hände beseelt, der Hund auf niedriger Höhe lauscht mit aufgestellten Ohren. Während neben uns der Wagen von King Solomon Food neue Waren bringt. Zwei Straßen weiter SAHADIS Bazaar Near East seit 1948. Libanesischer Feinkostladen, im Schaufenster Konserven, Gläser, künstliches Efeu, eine große ausgebleichte Mickymaus. Wir kaufen Thunfisch und eingelegte Calamari. Ein alter Verkäufer preist einer Kundin den Spezialknoblauch an, der nicht nach Knoblauch schmeckt. Reste des alten

New York, seiner Viertel und Gemeinschaften aus aller Welt. In Manhattan kaum was davon wiedergefunden. Wir gehen durch die Avenues A, B, C und D für Death. Erinnern uns an einen Morgen, es wurde gerade wieder hell, als wir zusammen mit Nataschas Paul und seiner Kamera die Straßen abgelaufen sind. Waren in ein Gebiet mit abgebrannten Häusern gekommen. Eingänge und Fenster zugenagelt, vollgesprüht, überklebt mit Kinoplakaten, Werbung für Aspirin. Autowracks quer auf den Straßen, türmten sich in den Gärten, Müllberge überall. Dazwischen Menschen, die schliefen oder in Lumpen gewickelt vor sich hin starrten. Feuer brannten, Männer mit ihren Flaschen saßen zusammen, rauchten, riefen. Manchmal standen sie auf, torkelten zu einem Auto mit ausgerissenen Türen, ließen sich auf die Rückbank fallen. Schuhe lagen auf der Straße, Kleider, riesige Teddybären ohne Nase und Augen. Wir wussten nicht, ob wir noch auf der Erde liefen und wenn ja, wo die war. Das Gebiet gehörte denen, denen nichts gehört. Übergangsloser Abbruch, mitten im Zentrum, von einer Straße zur anderen der Riss, der dieses Land schon immer bewohnt. Überall in der Stadt konnten solche Herde von Verwüstung und Zerstörung aufbrechen, Zonen des Nichts, Kampfplatz von Zivilisation und Barbarei, Freiheit und Zerstörung. Alles in der Stadt war von Kämpfen ergriffen, nervös und unbedingt. Tanzte, zappelte, swingte, schoss vorbei, traf. Als wären die Menschen in der Stadt wie Dinge auf einer Bühne, und während sie so taten, als lebten sie, lebten sie.

Irgendwo in der 23sten Straße hatten wir eine Vorstellung des Squad-Theaters gesehen. Ungarische Theatergruppe, die sich in New York niedergelassen hatte. Berühmt dafür, mit der Straße als Kulisse zu arbeiten. Nahmen die Stadt in ihr Theater auf, brachten sie zum Mitspielen. Passanten, Wetter, Licht, Autos, manchmal auch Polizisten, die Schauspieler festnahmen. Alles gehörte dazu. Die Zuschauer schauten auf eine Bühne, deren Kulisse der Blick auf die Straße war. Autos fuhren vorbei, große, die die Sicht versperrten, kleine, die viel zu schnell vorbeirasten. Menschen blieben stehen, starrten auf die Bühne. Als eine Kopulationsszene auf der Bühne stattfand, bildeten sich vor den Fenstern Trauben von Zuschauern. Masken von Ensor aus dem Schattenreich, Schemen gegen das Licht, denen das Publikum im Theater gebannt zuschaute, wie sie zuschauten. Ohne

Anstrengung vermehrte sich hier die Wirklichkeit des Scheins, des Theaters, der Stadt. Dann kam von weitem hörbar ein Jeep voll mit Soldaten angefahren, hielt mit quietschenden Reifen schräg über dem Fußgängerweg vor dem Fenster, die Passanten stoben auseinander. Der Motor heulte auf, Lärm, Schreie, Krankentransport, Blut, Sanitäter, Soldaten kamen auf die Bühne gerannt, trugen Tote, Verletzte, das Paar auf der Bühne floh, und wir vergaßen vollends, dass wir in New York und nicht in einem geisterhaften Vietnam waren. *Mr. Dead* und *Mrs. Free*. Diese Art Theater zu machen, hatte seine Bühnen verloren, und mit ihm war die Wirklichkeit des Theaters, das diese Stadt war, ausgewandert, weitergezogen an unbekannte Strände.

Wir trafen Freundinnen von Natascha aus der Zeit, als sie in New York gelebt hat. Ingrid, Chantal, Mary, die gerade von ihrer Katze gebissen worden war. Sie sagten, wie toll sie den Plan mit Detroit fänden, wie gerne sie mitkommen würden. Was für eine Stadt das alte *Motown* einmal war. Sie fingen an, *Tears of a Clown* zu singen, wünschten uns viel Glück, sagten, kommt bald wieder. Und für einen Moment hatte ich das Gefühl, es zerreißt mir das Herz.

Kaum in Detroit gelandet, der Flughafen leer, schnelle Abfertigung, und draußen warten Abdul, Kamal, Helmudo mit laufendem Motor. Da seid ihr ja. Fort Selby Resort, riesiger alter Hotelkasten an einer der großen Straßen, die einmal Downtown Detroit ausgemacht haben. Das Foyer voll mit schweren Sesseln, Sofas, die Fensterfront von Plüschgardinen eingerahmt, dämmriges Licht hundertjährigen Schlafs. Schnell bringen wir unser Gepäck in die Zimmer, treffen uns wieder, wollen raus, die Stadt sehen, sofort. Es war dunkel geworden, keine Sterne am Himmel, spärliches Licht auf der Straße. Dann das Lied, die *Tears of a Clown* aus Lautsprechern im ersten Stock zugenagelter Hochhäuser, eins neben dem anderen. Die Musik wird um 22.00 Uhr abgestellt. Kein Mensch zu sehen, kein Auto, kein Laden, nichts. An einem Straßendreieck das Coney Island Hotdog Restaurant, blau-weiß gestreifte Markisen und Aufschriften. Hartes Neonlicht aus dem Inneren. Das einzige Lokal, das geöffnet hat. Wir gehen rein, außer uns keine anderen Gäste. Alles in dem Lokal ist dreieckig zugespitzt und aus Plastik. Die Kellner, ein alter und ein junger, tragen blau-weiß gestreifte Jacken, haben nichts zu tun. Der Junge spricht mit schleifendem Akzent. Will wissen, von wo wir kommen. Er hat deutsches Blut in sich, sagt er, von der Mutter seines Vaters. Wir bestellen das Ding-Wing-Menü und griechischen Salat, den wir aus seinem Zellophansarg befreien, in dem er wer weiß wie lange schon liegt. Während wir essen, sitzen die Kellner um uns herum, hätten uns gerne Löcher in den Bauch gefragt, schweigen aber, verlieren irgendwann die Lust, uns weiter zuzuschauen. Das Lokal bleibt ohne weitere Kundschaft und leuchtet. Als wir gehen, winken sie uns nach und sagen wie alle: Hey guys, come again.

Die meisten Häuser in der Straße sind dunkel, zugemauert, abgesperrt wie nach einer großen Schlacht. Die Leere, die uns in Detroit empfängt, ist keine lebendige. Sie hat nichts mit einem Innehalten oder Zögern zu tun. Was hier noch übrig ist, steht in keinem Zusammenhang; es ist ganz allein.

Beim Einschlafen, versunken im Kingsize Bed, muss ich an das Stehaufmännchen meiner Kindheit denken. Nicht wirklich ein Spielzeug, eher ein Ding, das beharrlich jeden Einblick in sein Inneres verweigerte. Sonst wäre es nie mehr wieder aufgestanden. War ein Weißclown aus hartem Plastik, glänzte. Sein runder Bauch, das Gesicht, die Hände, der Hals, die Kappe, alles weiß. Nur die Jacke grün und rot kariert.

Stand aufrecht mit seinem spitz zulaufenden Hut in unserem Wohnzimmerschrank. Auf einem milchig beschichteten Glastablar. Neben ihm, ähnlich bauchig, ein Glasgefäß, in dem weißer Kandiszucker aufbewahrt wurde. Im unteren Teil des Schranks verwahrte mein Vater Zigaretten aus dem Orient. Päckchen mit unlesbaren Schriften, Palmen, Kamelen, Pyramiden. Gleich daneben stand das Tonbandgerät meiner Mutter mit seinen Spulen. Vom Band kamen Stimmen hervor, wickelten sich ab und wieder auf, vor, zurück. Hielten still neben den Zigaretten.

Jeden Moment würden sie wie das Männchen wieder aufstehen, sich weiterdrehen, singen. Wie die Katze, Pink Floyd, wie die vielen kurzen Szenen, die Kamal von uns aufgenommen hat am Ende der Welt, unter Anleitung der Toten der Schlacht von Bloody Run 1763.

29

Gedreht unter Anleitung toter Indianer der Schlacht von Bloody Run 1763

Downtown Detroit, ein paar wenige Straßen. Fast alle Hochhäuser stehen leer, ihre Fenster mit Brettern zugenagelt. Risen from the ashes steht auf den Fassaden. Das höchste ist das Chrysler-Gebäude. Tagsüber werden die Straßen mit der Musik der sechziger und siebziger Jahre beschallt. Erinnerung an die großen Tage des Souls, der Motown Records mit Stevie Wonder, den Supremes, den Jackson Five. Als sich die Stadt gerade mal wieder nach überstandener Automobilindustrie-Krise und den schlimmsten Rassenunruhen, die es in den sechziger, siebziger Jahren in Amerika gegeben hat, aus ihrer Asche erhob. Detroits Lieblingslegende vom untoten Vogel.

Hier sieht man Erfahrungswissenschaftler beim Durchwandern ruinierter Territorien von Asche, Tod, Zerstörung. Sie sammeln Spuren, lesen zusammen, was übrig geblieben ist, erkunden die Zonen des Zerfalls und der Erinnerung, Transitgebiet zwischen Gewesenem und Inexistentem. Eidechsen huschen durch Schutt, ihre Glieder gelöst von der Sonne, es ist Nachmittag, kein Strauch, kein Baum, nur ein bisschen Gras, Klee, Gänseblumen, Glasscherben. Vor ihnen steht der Bahnhof Detroits. 1913 gebaut, achtzehnstöckig, die Halle voller Säulen, ein Tempel der Verbindungen, alles wird erreichbar, nichts ist mehr fern, fliegt schon, die Sterne so nah wie nie, Züge bringen alle Welt in die Stadt. Großes Theater von Ankunft und Abschied, Verzögerung und Aufschub. Hier müssen Riesen empfangen worden sein, die Abgeordneten des Weltalls mit ihren großen Augen und Antennen auf dem Kopf. 1988 der letzte Zug. Keiner weiß, wohin er verschwunden ist.

Hier sieht man Abdul an der Fassade des Fort Selby Resort Hotels hochschauen. Irgendwas stimmt nicht mit dem Himmel. Weit und leer, wirkt er doch flach, eng und kurz. Seine Farbe ist fahl, wenn auch keine einzige Wolke zu sehen ist. Einzelne Tauben tauchen darin auf, Möwen vom Fluss und von den Großen Seen, eine Schwalbe, sie arbeitet hier, wurde vom Hotel angestellt, Frack und weißes Hemd. Dazu Flugzeuge. Die Luft fahl wie nach einer lang anhaltenden Explosion, voller Staub, der kaum merklich zur Erde sinkt.

Hier sieht man Carlos in seinem Garten in der Wilkins Street. Er ist Eisenplastiker, groß, schlank, in Celle, Lüneburger Heide, aufgewachsen. Sohn einer Deutschen und eines amerikanischen Soldaten. Seit seiner Jugend in Detroit. Sein Handwerk hat er an den Allegorien auf den Hochhausdächern gelernt. Bei den Königinnen der Fürsorge, den Kämpferinnen der Gerechtigkeit, den Feen der Geduld und der Vorsicht.

Ihre Körper aus Blech haben Aufstieg und Niedergang der Stadt begleitet, geduldig, weise, gefasst. Bis nichts mehr sich regte, die Hochhäuser verschlossen, kein Lift fuhr, nicht hoch, nicht runter, kein neuer Tag brach an, die Fenster vermauert. Carlos hat sie gerettet. Abgebaut, zerlegt, von ihren hohen Podesten geholt. Rostig, zerbeult, oft kopflos, ohne Arme. Einige stehen in den Gärten kleiner Clubs, in denen die Partyszene Berlins auftaucht und sagt, Detroit sind wir. Justitia ohne Waage und Schwert neben einer Gemäßigten in langem Kleid in seiner Werkstatt. Sie sehen klein aus, die Arme erhoben, leere Hände, keine Kronen. In einer Halle dahinter liegen Unmengen alter Jugendstil-Straßenlampen. Haben bald ein Jahrhundert geleuchtet, bis der Strom ausging. Die Stadt seit Jahren Konkurs. Kein Licht, keine Feuerwehr, wehe dir, du musst in die Klinik. Altes Gusseisen. Viele der Lampen verschleppt, verschwunden, eingeschmolzen. Carlos will sie restaurieren. Wieder aufstellen, sie sollen leuchten, die Dunkelheit vertreiben.

Seinen Assistenten bittet er, das Kinoplakat von Winnetou zwei zu bringen. Schon rollt er es auf dem Boden aus. Lex Barker und Pierre Brice stehen auf einem Felsen, ihre Flinten in der einen Hand, mit der anderen geben sie sich ihr Ehrenwort. Hier, in seinem Garten, liegen die Knochen ihrer Brüder, sagt Carlos. Schlacht von Bloody Run gegen die Engländer, 1763. Auch Kriegsbeile, Teile von Speeren. Er lächelt.

Hier sieht man die Herzen der Autostadt, die Cherokee, Pontiac, Sioux heißen.

Hier sieht man einen Brief von Robert Frank an seine Frau Mary, den er im Juli 1955 nach dem Besuch in der Ford's River Rouge Fabrik geschrieben hat. *Ford ist ein absolut phantastischer Ort. Eigentlich sehen ja alle Fabriken gleich aus, aber diese hier ist die Fabrik Gottes, wenn es ihn gibt – ich bin überzeugt, dass der Teufel ihm geholfen hat, diese Ford's River Rouge Fabrik zu bauen.* Alles ist bestimmt, alles an seinem Platz, jeder Mensch ein Schräubchen, alles dreht, läuft, wächst zusammen. Ein lang anhaltender Anfall. Allein in der Fabrik, wo die Motoren zusammengebaut werden, arbeiten achttausend Menschen. Auf der einen Seite wird das Eisenerz mit Schiffen über die großen Seen angeliefert, auf der anderen Seite kommen die fertigen Autos raus. Alles wird verwandelt, verliert und gewinnt seine Form, wird gekocht, gegossen, geformt, zerteilt und zu Autos zusammengesetzt. Das alles geschieht unverbunden, in blindem Gehorsam in vielen einzelne Schritten, die nichts voneinander wissen und nie mehr aufhören, weiterzugehen, zu laufen, auf der Stelle zu rasen. In den Fabriken Gottes arbeiten die Verdammten, gefesselt an ihre Maschinen, in den immer gleichen Abläufen, endlos, und jeder muss sich beeilen, seine Zeit, die er nie mehr erreichen wird, zu behalten.

Geschwindigkeit ist alles, auch im Leben, das die Zeit frisst. Seit den siebziger Jahren sind diese Fabriken, ihre Hallen, Werkstätten, Häfen, Lagergebiete, die Detroit umgeben, verlassen, leer, starren aus blinden Scheiben. Ihr Blick entleert den Raum, stellt ihn still, wie die Bunker an der Atlantikküste das Meer. Überall wachsen Bäume, auch aus den Wänden, auf den Dächern, die Farben blättern ab, das Licht ist warm, freundlich. Hier ist der Raum, in dem der Raum untergegangen ist. Stahl, Stein, Glas, Beton. Straßen führen durch das Gelände, es ist verboten, es zu betreten. Ein dicker Wächter im Sheriffkostüm kommt, fragt nach der Erlaubnis. Richard, der uns führt, kennt das schon, kennt den Wächter. Hat er im Auto, sagt er. Oder zu Hause, vergessen einzustecken. Privat, sagt der Wächter, er lächelt. Wir müssen gehen. Bevor sie uns die Birne wegschießen, sagt Helmudo.

Hier sieht man ein Kind, das einen Schuhkarton an sein Auge hält. Der Karton ist von *Romika* und hat auf einer Schmalseite ein kreisrundes Loch fürs Auge, das das O von *Romika* ist. Im Deckel des Kartons, am anderen Ende des Gucklochs, ist ein schmaler Schlitz, durch den Licht in den Karton fällt. Das Kind sieht Amerika, das es vorher ausgeschnitten und in den Karton geklebt hat. Kakteen wachsen da, die Erde ist trocken, die Sonne grell. Es gibt einen Saloon, der aussieht wie in *Bonanza*. Drei Pferde stehen davor, auf ihren Rücken drei Flinten. Die Eingangstüren des Saloons gleichen Schwingen von Engeln. An der Bar Whisky und Frauen, die Kleider wie Puppen tragen. Auf der Kirmes abgeschossen sitzen sie dann auf dem Sofa der Barfrau des Roxy, die davon träumt, im heißen Schlitten, mit aufheulendem Motor die Hauptstraße runter zum großen Fluss zu rasen. Vorbei an den Rheinterrassen, weiter zum großen Kirmesplatz düsen, Federn und Tulpen abschießen, auch Vögel, und dann nichts wie weg, bloß weg von hier, der Traum der Roxyfrau, kaum den Tag durchstehen, den Abend vor der Theke, hinter der Theke, schon ohne jedes Gefühl, schon mit den müden Augen am Morgen, schon ganz kopflos und rundum so weiter von Nacht zu Tag und wieder ein Abend.

Hier können wir den Gedanken der Woche der Freedom Tree School lesen: *You are what you think.* Die Schule ist für die Kinder der Ärmsten der Armen. Damit sie das nicht vergessen, sind ihre

Lehrer weiß, sie schwarz. Sie schauen nicht, sprechen nicht, wo sie erscheinen, wird es stumm. Umso lauter an den Wänden die Parolen, wie smart, wie toll, wie wunderbar die Kinder dieser Schule seien. Dazu Hope, Peace, Freedom und Wisdom. Auf den Fluren schwarze Wächter, die sie vor sich selbst beschützen sollen. Sie explodieren manchmal, sagt der Direktor.

Hier sieht man Abdul Zahnschmerztabletten mit Erdbeergeschmack in einem Drugstore kaufen, nachdem er mit Helmudo ein paar Stunden in der Notfallstation eines Krankenhauses gewartet hat, das wie eine Spelunke während der Prohibitionszeit aussah, sagt er.

Hier sitzen die hungrigen Wölfe im Avalon, eine genossenschaftlich betriebene Bäckerei mit kleinem Café, das sie vor unverdaulichem Essen und schlechter Laune rettet. Es ist der Tag des Regens, des Besuchs der Schule mit den armen Kindern, der Führung über Friedenswege zu den Gärten der Siedler, wo sie zwischen aufgegebenen Häusern Gemüse anbauen, um etwas zu essen zu haben. Eine Ziegenherde taucht auch auf, die am nächsten Tag in der New York Times Schlagzeilen macht: Detroit lebt. Sie fragen sich, was Avalon heißt. Irgendwas mit König Artur, sagt Véronique. Fritz Lang, Nibelungen, sagt Kamal. Helmudo denkt an die Nebel von Avalon. Alle lachen. Er sagt, echt. Aber was heißt Avalanche, sagt Véronique? Kommt irgendwo in einem Lied von Leonard Cohen vor. Lawine, sagt Kamal. Lass mich mit dem in Ruhe, sagt Helmudo.

Hier sieht man die gleiche Besetzung in einem gläsernen Aufzug höher fahren. Die Wasserflächen, die sich um die Stadt herum ausbreiten, werden immer größer. Ganze Meere liegen unter ihnen, während sie steigen und steigen, ringsum der offene Raum, der nahtlos in den Himmel übergeht, und einer von ihnen sagt aus dem Off: Oh Gott.

Hier sehen wir Kamal, der mit dem Oberkörper am Seitenfenster des Autos raushängt, die Kamera in den Himmel streckt, im Fokus das neue General-Motors-Gebäude, und Helmudo fährt wie in einer Manege immer drum herum.

So schaut man zum Himmel auf, wenn er nicht zu sehen ist. Dann geht man weiter die Cass Avenue runter und hat sich schon wieder in der Richtung vertan.

Natascha sagt in einem Café mit hundert Sorten Kaffee zur Auswahl: *Father was a rolling stone. All he left us was alone.* Das ist ein Lied von den Temptations.

Hier sehen wir die Angst der Amerikaner in einem runtergekühlten Restaurant mit schummriger Beleuchtung beim Verschlingen von Bergen von Fleisch. Helmudo und Kamal wollen unbedingt dort essen. Jeder bekommt eine Ampel aus Holz mit einer roten und einer grünen Seite in die Hand gedrückt. Wer Fleisch will, muss die grüne Ampel hochhalten, wer keins will, die rote. Kellner laufen mit Brettern voller Fleischstücke zwischen den Tischen, hantieren als Opferpriester mit blitzenden Messern, zerlegen, zelebrieren alle möglichen Sorten von Schnitten und Stücken. Kaum ist das Fleisch auf den Tellern der Gäste, schon ist es verschlungen, und die Ampel wird wieder rot. Die Kellner schwitzen, einige von ihnen tragen weiße Bänder um die Haare. Kamal und Helmudo sind vertieft, sie sagen, so etwas gibt es bei uns nicht, und schütteln den Kopf.

Auf dem Weg ins Hotel über leere Parkplätze sagen sie, dass sie da morgen unbedingt wieder hinmüssen.

Zwei Männer, zwei Frauen, sie tragen leichte Jacken, Kapuzenpullover, helle Hosen, Turnschuhe. Ein Tag Anfang Juni. Rundum Stille, die Straßen leer, keine Vögel, der Himmel hat die Farbe von Asphalt. Sie stehen da, warten auf Helmudo, der das Auto holt. Tag des Ausflugs. Reise zum Mond, immer noch unterwegs, voller Erwartung. Wollen nach Ann Arbor, wo es Engel geben soll und einen alten Kommunisten aus Wien. Ihnen gegenüber große leere Parkflächen, niedrige Bürohäuser, an der Fassade zweier schmaler Hochhäuser hängen Reklamewände, worauf eine Katze und eine Eule aus Strohhalmen mit Schnäuzern 7Up trinken. Da kommt er um die Ecke des Hotels gefahren. Und sie denken Nashville, Tennessee, Memphis: *You're gone for something / And I know you won't be back. / Hope you ride, white as snow.*

Hier sieht man sie irgendwo zwischen Detroit und Ann Arbor auf der Terrasse eines Whole-Food-Supermarkts sitzen. Vor sich auf dem Tisch Salate, Reisgerichte, Früchte, grüner Tee in Dosen. Mitten in Amerika, leicht erhoben über den Parkplätzen, macht die Zeit einen Punkt, der Raum gibt seine Tiefe auf und sie werden Dasitzende. Wollen immer dort sitzen bleiben, nie mehr weggehen, eingehen ins Bild, winzige Szene am Grund eines japanischen Holzschnitts. Wanderschauspieler beim Anblick des Fuji. Köpfe mit aufgestecktem Haar, fließende Gewänder, die Arme ausgestreckt über das gelbe Land, sie zeigen in die Ferne, wo sich zwischen ein paar Hügeln, bauschigen Kieferbäumen der Fuji erhebt. Eins mit der Ferne. Blauer Vulkan, weiße Rockschöße aus Schnee und Asche.

In Gesellschaft von Helmudo, Kamal, Abdul, Natascha und Véronique tauchen die Kinder der Winterreise auf. Sommerbild der Rheinterrassen zur winterlichen Mondfahrt. Weiß gedeckte Tische unter gestreiften Markisen, Segel, in die der Wind fährt. Auf dem Rhein die vorbeigleitenden Schiffe Richtung Meer. Und auf der anderen Flussseite lagen im Krieg die Amerikaner, bei denen sie jetzt auf einer Terrasse sitzen und über ein endloses Einkaufsparadies bis nach Japan sehen, wo sich der Horizont dem Fuji ergibt.

Hier sehen wir auf halber Strecke zwischen dem Hof der Großmutter und dem Fluss, gleich an der Ecke zur Niederfeldstraße ein paar Stufen hinab, die in eine Milchhandlung führen, ein helles Reich. Die Kinder losgeschickt mit ausgebeulter Kanne, das Bimmeln der Ladentür, Decke und Wände weiß gestrichen wie Schnee, die Theke heller Marmor. Nichts außer Milch zu kaufen. An einer schmalen Wand eine Holzbank, die immer leer bleibt. Hinter der Theke eine Tür, die in den Wohnraum der Milchfrau und ihrer Familie führt. Unmöglich, einen Blick hineinzuwerfen. Zu schnell geht die Türe auf und gleich wieder zu. Die Milchfrau ist, wie alles andere in ihrem Reich, weiß, flüssig und bis auf zwei, drei Worte, die manchmal fallen, stumm. Sie nimmt die über die Theke gereichte Kanne entgegen, das abgezählte Geld liegt schon da, und pumpt die Milch aus der Erde hoch in einen Glaszylinder. Der sich sprudelnd und zischend füllt, bis die Markierung zwei Liter anzeigt. Die Flüssigkeit wird ruhig, hält schließlich still, um dann in die Aluminiumkanne zu stürzen, während sich der Glaszylinder wieder leert. Die Frau löst den Henkel vom Ausgussrohr, setzt den Deckel auf die Kanne. In der die Kinder das flüssige Licht des Ladens, seine Ruhe und Gleichförmigkeit wie einen Schutzschirm mit sich nehmen, vorbei an den Häusern der Hauptstraße mit ihren verletzten Fassaden und klaffenden Trümmergrundstücken. Was für ein Ausflug, der sie bis zum Milchgeschäft gebracht hat, zur Hauptstraße, treibend im Tag. Schauspielertruppe, die den Fuji sieht, den Berg des Jenseits im Hiersein. Ausharrend am Ende des Blicks, wo er anhält, zu sich kommt.

Hier schaut die Nacht zu keinem Stern.

Das ist Grace Lee Boggs, chinesischstämmige neunundneunzigjährige Freiheitsaktivistin, Genossin von Martin Luther King und Malcolm X, bei einer Audienz. Überall im Zimmer stehen Scheinwerfer, liegen Kabel. Alle sind da, die sie in den letzten Tagen kennengelernt haben. Auch Carlos mit schöner Tochter. Grace ist die Mutter der Bewegung. Zeugin, Wahrsagerin, Sphinx. Sie sitzt in einem Sessel, lächelt, in ihrem Rücken eines der scheußlichsten Häkelkissen der Welt. Sie sagt: Willkommen, liebe Freunde. Detroit ist der beste Ort der Welt. Hier könnt ihr den Fall von Giganten sehen. Alle klatschen, Larry kommt ins Bild, trägt ein T-Shirt mit der Aufschrift: Revolution Evolution Solution, stolpert über die Kabel, schon bricht der Ton ab, dann der ganze Film.

Hier sieht man Véronique und Abdul an einem frühen Abend die Cass Avenue lang in die falsche Richtung laufen. Die Häuser sind überall verlassen, runtergekommen, verwüstet. Kein spielendes Kind, kein Eisverkäufer, kein Hund, keine Passanten. An einem Veterans Center das große Schild, auf dem zu lesen ist, für wen dieses Center Beratung, Trauerarbeit und Multisystemische Therapie anzubieten hat: Alle Veteranen und ihre Familien, die Konflikte im Zusammenhang mit dem Zweiten Weltkrieg, dem Krieg in Korea, dem in Vietnam, im Libanon, in Grenada, Panama, dem am Persischer Golf, in Somalia, Afghanistan, Irak haben. Sie bleiben stehen. Lesen nochmal. Waren das Namen von Ländern oder von Kriegen? Sie gehen weiter. Irgendwann wird die Straße schmaler, dunkler das Licht, die Häuser höher und enger. Es dämmert. Sie hätten längst schon auf die Straße stoßen müssen, an der ihr Hotel liegt. Auf der gegenüberliegenden Straßenseite sehen sie ein Hotel, vor dem Plastikstühle stehen. Alle besetzt mit Afroamerikanern. Die sonst nie zu sehen sind, von denen immer nur gesprochen wird. Hier sitzen sie. Als hätten sie auf sie gewartet. Taxen kommen an, Gäste steigen aus, verschwinden im Foyer. Sie gehen rein, fragen den Portier. Das Hotel ist kein Hotel. Sie bitten trotzdem um ein Taxi. Der Portier führt sie nach draußen, übergibt sie einem der Fahrer. Wohin? Sie wissen es nicht.

Hier sieht man Phönix, der in seiner Asche liegt. Er steht nicht auf, fliegt nicht, wartet, gedenkt der Toten und aller, die noch nicht geboren sind. Eines Tages wird er aus seinem Traum erwachen und sterben. So lange, sagt er, lasst mich weiterschlafen.

Das ist das letzte Bild der alten Kinder, halb liegend, halb sitzend in den tiefen Sesseln des Foyers des Hotels. Durch die hohen Fenster strömt Sonnenlicht, die Gardinen hängen geschwungen in Wellen bis auf den Boden. Sie sind erledigt, erschöpft, Kopf auf den Lehnen, dösen, die Beine weit von sich gestreckt. Bei ihnen die verlorenen Wörter der letzten Liebenden, der Vampire, Verrückten, Dichterinnen und Dichter. Sie haben Zeit hinter sich gebracht, die sie umhüllt, weiß wie Schnee. Keine Ahnung, was das zu bedeuten hat. Gleich werden sie in verschiedenen Flugzeugen davonfliegen. New York, Amsterdam, Frankfurt. Alles mit heißer Nadel genäht. Schnell die Koffer, Umarmung, Worte, letzte, ermunternde, sie laufen in den Tag und werden nicht wiederkommen. Dann weg.

30

Süden der Zeit

Hosna ruft an. Morgen Rages, Zone des Übergangs, Ruinenfelder, undurchdringlich wie die Rufe der Träumenden. Süden der Zeit, Rand der Stadt und der Sprache, letzter Tag in Teheran. Du hast es gewollt, sagt sie und schickt mir die Adresse, wo sie mich morgen erwartet. Als ich aus dem Haus gehe, sagt die Katze: Ich bin die Katze aus deinem Buch, fressen werde ich dich sowieso. Dann stehe ich wieder bei den frühstückenden Taxifahrern an der Straßenecke. Sie hocken hinter ihren gelben Autos, zwischen sich das frisch gebackene Brot, auf dem kleinen Campingkocher braten Eier. Die Adresse auf meinem Handy leuchtet. Sie essen, schauen in die Runde. Einer steht auf, trinkt seinen Tee aus, nickt mir zu. Unterwegs hält er an, will mein Handy haben, zeigt die Adresse vor einem Geschäft. Sie diskutieren. Wir fahren weiter, kommen in eine

Gegend, wo ich nichts kenne, eine Kreuzung, ein kleiner Hügel, da sind wir. Er lächelt. Ich glaube ihm alles und steige aus.

Auf der anderen Straßenseite hält eine junge Frau Ausschau, winkt mir zu, der Fahrer hupt und dreht. Hosna kommt soeben aus einem Geschäft, hat Getränke und jede Menge Süßigkeiten eingekauft. Das Auto ist das ihrer Eltern, groß, schwer, die junge Frau ihre Assistentin an der Uni.

Wir sind mit Stefan verabredet, Architekt aus der Schweiz, sagt Hosna, guter Freund. Hat gerade eine Führung mit Architekturstudenten hinter sich, am frühen Morgen in Isfahan aufgebrochen. Treffen wollen wir ihn bei der zentralen Waschanlage des Friedhofs, den wir endlich erreichen. Breite Straßen durchziehen ihn, Kreuzungen mit Ampeln, Haupt- und Nebenstraßen. Verbeulte Busse kommen uns entgegen, aus denen schwarz gekleidete Menschen schauen. Ihre frisch Verstorbenen mit an Bord auf letzter Fahrt.

Eine übergroße Moschee erhebt sich aus einem weiten Feld von Kriegsgräbern. Kampfflugzeuge, Helikopter, spitze Jets schweben darüber, als wären sie Engel. Fliegen auf hohen Stangen ihre Pantomimen des Kriegs in die Luft. Noch auf dem Friedhof werden die Gefallenen von Jets bewacht.

Ihre Kinder lernten: *Wie auch immer euer Vater aus dem Krieg zurückkehren wird – ohne Arme, Beine, Kopf oder Augen –, er ist dein Vater, du musst ihn lieben.*

Als mein Vater aus dem Krieg zurückkehrte, lange bevor ich auf die Welt kam, hatte er eine kaputte Lunge, die nie mehr heilte. Immer wieder wurde ich durchleuchtet, ob er mich vielleicht damit angesteckt hätte. Der Krieg, der sich in seiner Lunge aufhielt, liebte ihn nicht.

Hosna lässt uns aussteigen, fährt das Auto zum Parkplatz. Von Stefan noch keine Spur. Kaum sind wir ein Stück zwischen den in den Boden eingelassenen Marmortafeln gelaufen, rufen uns zwei junge Totengräber zu: Hey Ladys, sucht ihr euch ein schönes Grab aus? Sie lachen, lassen ihre Schaufeln und Wasserkannen liegen, begleiten uns zu den ältesten Gräbern. Unterwegs sehen wir einer etwa fünfzigjährigen Frau mit ihrer großen Tochter zu. Beide klopfen auf einen Grabstein, ihre Hände tanzen, gleichen hüpfenden Vögeln, verständigen sich mit dem Toten, der dann weiß, dass jemand da ist, an ihn denkt. Klopfend, rauchend, weinend wäscht die Frau den Stein mit Wasser. Sie hat kleine, kurzstielige Blumengebinde dabei, wie ich sie überall in der Stadt bei Straßenhändlern gesehen habe. Sie lächelt uns an, weint weiter, trommelt ihre Nachrichten im Morsealphabet der Vögel, streut Blumen übers Grab. Donnerstag, der Tag, an dem die Familien ihre Toten besuchen. Abends sitzen sie um die Grabsteine versammelt, haben Essen dabei, kochen Tee, teilen sich das Mahl mit denen darunter im siebten Tal der Seele.

Eine Trauerfamilie kommt uns entgegen. Männer tragen den in ein weißes Tuch gewickelten Leichnam auf ihren Schultern. Angehörige stehen dicht um das offene Grab. Hosna fragt einen jungen Mann, ob wir dabei sein können, er lädt uns ein. Die Trauernden kommen und gehen, versammeln sich, laufen wieder auseinander. Dann taucht Stefan auf. Ist mit seinem Fahrer lange auf dem Friedhof umhergeirrt, ein Labyrinth, sagt er, endlich uns gefunden. Jüngere Frauen starren mich an, wollen wissen, von wo ich komme. Ein kleines Mädchen springt zwischen ihnen umher, drückt sich gegen ihre Beine, läuft zum Grab, schaut hinein, kommt zurück. Es wird leise gebetet, geklagt. Der junge Mann, der uns eingeladen hat mitzukommen, hockt auf der hellen Erde neben dem ausgehobenen Grab. Er steht auf, taumelt leicht, murmelt vor sich hin, wirkt abwesend. Ein dumpfer Schlag, Schreie. Männer kommen gerannt, helle Aufregung; noch vor der Beerdigung des Vaters ist sein Sohn ins offene Grab gefallen.

Stefan meint, das ist ein schlechter Sohn. Warum, sage ich? Weil er den Vater überlebt und sich davor fürchtet? Wer steht ihm bei gegen den Vater, wenn der tot ist? Schnell holen sie ihn auch schon wieder aus der Grube. Staubig von oben bis unten, nichts weiter geschehen. Wirkt wacher, vom Sturz verjüngt. Die Witwe, eine alte Frau, seine Mutter, klagt, ohne ihn anzusehen. Ein Mullah kommt, spricht mit den Trauernden, fordert sie auf zu erzählen. Wer war er? Was hat er Gutes getan, was nicht? Stimmen erheben sich, laufen im Kreis, Rede und Widerrede. Die Gruppe der jungen Frauen hat sich abgewandt, sie unterhalten sich über andere Dinge, tragen wie die Tanten meiner Kindheit große schwarze Handtaschen, in denen Taschentücher und das Fläschchen 4711 steckten. Das kleine Mädchen läuft wieder vor zum Grab, kniet sich hin, springt auf, umschwirrt die Totenträger mit dem Leichnam auf den Schultern. Sie scheinen kein Gewicht zu spüren, haben Atem, Worte, halten die Zeit an. Solange der auf ihren Schultern Ruhende nicht in der Erde liegt, werden auch sie nicht zu Ende gehen. Ihnen zu

Füßen wird der Sohn am Rand des Grabs festgehalten, will nicht fort von da, wo nochmal alles offen steht. Um ihn herum die Trauergäste vertieft ins Gespräch, als wären sie hier, wie sie es gestern waren und morgen wieder sein werden. Versammelt um ein Loch in der Erde gedenken sie des Toten und überlegen es sich anders. Werden gleich wieder aufbrechen, ihn mitnehmen, noch ein bisschen weiterleben. Und wir am Rand schauen zu, spüren, wie die Zeit sich aufhebt, von der Bühne geht, wie sich die ganze Gemeinschaft von der Schwerkraft der Erde löst, eine eigene kleine Szene bildet, dicht, leicht, ihre Trauer so unwirklich wie die Stunde.

Es erheben sich lautere Klagen, der Mullah schweigt, die Träger setzen sich in Bewegung. Wir verabschieden uns von den jungen Frauen, dem kleinen Mädchen. Die Sonne steht im Zenit, wir sind alt geworden, und so leben wir noch heute.

Hosna hat das Auto auf einem der Parkplätze bei der großen Waschanlage abgestellt. Busse stehen da in dichten Reihen, urtümliche, zähe Echsen voller Staub und Rost. Ihre Fahrer sitzen unter Bäumen, träumen vor sich hin, schlafen. Bis sie die Übriggebliebenen wieder in ihre Dörfer und kleinen Städte fahren werden, zurück in ihre wartenden Leben.

Wir betreten die Anlage, in der die Toten gewaschen werden. Viele Menschen unterwegs zwischen Hallen, Säulengängen, Innenhöfen voller Stühle und Tische, wo Mütter ihre Kinder füttern, Familienangehörige in den Himmel schauen, telefonieren. Mitten darin das Waschhaus, wo Leichen abgegeben und in einer dahinterliegenden Halle mit hoher Kuppel an mehreren Pforten wieder übergeben werden. Gewaschen, gewickelt, bereit gemacht von denen, die ihnen helfen, den Körper zu verlassen: Wäscher, Öler, Balsamierer. Die Angehörigen nehmen den in ein Tuch gewickelten Körper zu sich, beten mit Priestern, ohne Priester, wandern umher, allein oder in großen Gruppen. Leben und Tod gehen hier Hand in Hand, sind eine Gemeinschaft, die für all das sorgt, was wir allein nicht können.

Wir drehen uns um, gehen zurück, fahren weiter zur Aliquelle, die Sonne brennt auf gelbe Felsen mit dem Relief aus dem Leben Ali Schahs an seinem königlichen Hof. Ein paar Stufen führen zum Wasser, niedriges Becken, in dem bis vor kurzem noch Teppiche gewaschen wurden. Seit das verboten ist, sind mit den Teppichen die Farben verschwunden.

Hosna will weiter zur Festung. Berg aus Geröll und Steinen, bleich, ausgedörrt, über den ein Baugerüst aus weißen Rohren und Brettern in die Höhe führt. Kein Baum, kein Strauch, zwischen den Steinen kleine, harte Blumen. Die Stufen liegen weit auseinander, oft fehlen die Bretter, nur das Geländer hält noch. Wir steigen zur Festung hinauf, wehende Fähnchen, umgeben von nichts als der großen, hellen Leere. Von oben blicken wir auf Autoschlangen, Kurven, Bahnen. Felder voller Bauwagen, Wracks, Halden, Busse. Ausgebreitet, vom Himmel gefallen, von der Sonne verbrannt die überkrustete Ebene zu unseren Füßen. Verklemmt, zerbeult, geborsten. Wo sich früher die alte Seidenstraße in die Landschaft schmiegte, sich vor der Festung in eine sanfte Kurve legte, wo sich die beiden Hauptrouten kreuzten, Länder und Landschaften mitbrachten, wo sich die Kamele versammelten, die Neuigkeiten aus aller Welt, strandet jetzt die Zeit, lässt sich verwahren, kommt in die Jahre.

Auf der anderen Seite der Festung grün leuchtende Hügel, das Gras steht hoch, wellt sich im Wind, von kleinen gelben Blumen getupft. In dieses schmale Feld steigen wir hinab. Sein Grund aus Asche, Wasser, Wiese, Blumen und Licht.

Gräber, sagt Hosna.

Von wem, sagt Stefan.

Himmelsgräber, sagt Hosna.

Nicht hoch genug, sagt Stefan.

Vielleicht jüdische, sagt Hosna.

Die von Fischen, vom alten Ozean, denke ich.

Daneben der Toghril-Turm, dem irgendwann im 12. Jahrhundert das Dach abbrannte, starrt in den Himmel. Ein Tor, ein Garten, ein kleines Gartenhaus.

Sein Wächter erscheint, lächelt sein schiefes, sanftes Lachen, ruft Sonne, Zeit und Licht auf. Wir folgen ihm um den Turm, der die Stunden zählt. Geht hinein, sagt er, schaut auf, und über uns öffnet sich der Himmel, während zwischen Blumen und Sträuchern die Schildkröte wegkriecht.

Wir sind in einen Garten der Wandernden geraten, wollen für immer bleiben. Sitzen auf weißen Plastikstühlen, lassen uns zum Andenken fotografieren, essen kleine, klebrige Bonbons. Proviant der ersten Reisen auf dem Hof unserer Großmutter, im Gebiet des alten Ozeans. Andere

Besucher kommen, setzen sich zu uns, werden mit aufs Bild genommen, auch sie wollen nicht mehr fort von hier. Rufen mit uns wie damals: Fischer, Fischer, wie tief ist das Wasser? Wie kommen wir hinüber?

Die Tür steht offen. Sie kommen von der Straße, gehen durch einen kleinen Flur, vorbei am Büro der Tante, klopfen an, treten ein. Hausierer ohne Arme, Beine, Augen, und manchmal sind sie taub. Haben einen Bauchladen bei sich, eine Tasche voll mit Verbandszeug und Schnürsenkeln. Sitzen dann auf der Holzkiste des toten Seefahrers, zwischen Tür und Herd, wo auch ich gerne sitze, die Füße auf den Eimer mit Briketts gestellt. Großmutter macht ihnen einen Kaffee. Holt von der Kommode in ihrem Schlafzimmer eine Flasche mit aufgesetztem Johannisbeerschnaps, dunkelrotes Licht des Sommers. Sie stellt kleine bunt gepunktete Schnapsgläser auf den Tisch, eins für den Gast, eins für sich. Ich sitze in Deckung, schaue zu. Hinter mir auf der Fensterbank schwimmen Fische im Aquarium um ihre ausgehöhlte Kokosnussschale, lassen sich zwischen Schlingpflanzen treiben. Der Wels mit seinem breiten Maul putzt die Scheiben. Sie sagen, dass Tag ist, dass fehlende Beine schmerzen und Pflaster immer gebraucht werden. Der Kaffee in der großen Tasse mit Milch und Zucker. Und gerne ein Glas. Sie nicken einander zu. Gemeinschaft des Augenblicks, der Verwundeten, auch eine der Überlebenden, Szene einer stillen Freude. Die Großmutter kauft ein Päckchen Pflaster, ich sitze auf der anderen Seite, schwimme mit den Fischen, sage: Alter Ozean, willst du mein Freund sein? Und wir brechen auf.

31

Im Guevara-Café von Rages

Dreimal am Hotel Roma vorbei, Runde um Runde, großer Platz, alter Kasten, hundertjähriger Schlaf. Vagen Adressen von Restaurants nach. Immer kleiner werden Häuser und Straßen, enger, ärmer, kaum Bäume, es wimmelt von Läden und Reparaturwerkstätten. Ansichten, die ich von meiner Durchreise nach Indien vor vierzig Jahren kenne. Als wir nur weiterwollten, immer weiter, nie mehr anhalten. Wir schliefen, fuhren, schliefen und fuhren schon wieder über die Straßen, die wie wir nie mehr aufhören wollten und uns einmal quer durch das Hochland des mittleren Ostens brachten. Begleitet von Werkstätten, Tankstellen, Straßenrändern voller Motoren, Reifen, Karosserien, verstreut auf dem Boden. Dazwischen gebastelte Hebebühnen, rote Blechkanister, blaue Ölfässer. Zerfranstes Ufer mit Menschen, die an ihrem Fortkommen arbeiten.

Reparieren alles, schrauben, ziehen, hämmern, nehmen die Karosserie ab, die Leitungen auseinander. Kühne Dekonstrukteure der Ausfallstraßen. Hocken als Maschinenzauberer mit ölig-lumpigen Kleidern, ausgetretenen Schlappen in ihren Hütten. Nehmen, was kommt, können alles gebrauchen, jede Maschine enthält eine andere, und drei kaputte Autos ergeben ein neues, das weiterfährt.

Endlich finden wir das Restaurant, großer heller Raum, die Küche hat immer offen. Für den Kaffee irren wir wieder durch die kleinen Straßen, bis Hosna vor einem vierstöckigen Neubau anhält, aus dem noch die Armierungseisen vorstehen. Es gibt einen Empfang, eine junge Frau versichert uns, dass es da wirklich ein Café gibt, dritter Stock, wir sollen aufpassen, die Treppe hat noch kein Geländer. Und es ist da. Dunkler Raum mit Teppichen, Sofas, jungen Männern, die vor niedrigen Tischen sitzen und Wasserpfeife rauchen. Auf Regalen stehen Aquarien und alte Radios, an den Wänden hängen Bilder von Pandas. In der Küche sehe ich die nächste Reihe Pfeifen bereitstehen. Einer der jungen Männer fragt uns, was wir wollen. Espresso geht. Er holt seinen Chef aus der unteren Etage, der ihm erklärt, wie die Kaffeemaschine bedient wird. Als er hinter sich die Küchentür schließt, strahlt uns von einem Foto ein junger Ché mit dicker Zigarre im Maul an. Sein Blick schaut vergnügt über uns hinweg, wo er irgendwas sehen kann, das hinter uns in ferner Zukunft liegt. Da ist er so alt wie die Männer an ihren Pfeifen. Bald werden sie auf die Straße gehen und sich erschießen lassen.

Worauf wir keine Rücksicht nehmen können, sagt Hosna, letzte Station, Heiliges Grab von Hazrat Abdal Azim, neuntes Jahrhundert, Kinderchen, das sind Zeiten. Und schon ist sie uns wieder voraus die Treppe runter. Ein paar Straßen weiter lässt sie uns an einem dieser Felder aus Staub und Steinen aussteigen. Niemandsland voller Disteln, verholztem Gesträuch, mitten darin die Reste eines Tors. Wir gehen unter dem Bogen durch, folgen alten Spuren, bis wir alles neu zu erzählen anfangen können. Verstreute Grabsteine aus schwarzem Marmor, am Kopfende eine kleine Vertiefung, in der sich Wasser sammelt. Das ist für die Vögel, sagt Stefan, sie kommen, um daraus zu trinken. Klopfen mit ihren kleinen Schnäbeln den Toten ein Lied. Vor allem denen, die keiner besuchen kommt, den Bösen, Verstoßenen. Für sie schlägt das Herz eines Vogels, der Durst hat.

Ein Junge kommt uns entgegen, auf dem Rücken seinen Schultornister. Vielleicht gehört auch er zu den kleinen Vögeln, die mit Füßen und Schnäbeln grüßen, was uns zugrunde liegt. Auf einer Hauswand des Basars, der sich um den heiligen Schrein ausbreitet, erhebt sich das Bild des Demawand vor uns. Ein gewundener Weg führt durch grüne Wiesen, entlang eines Flusslaufs auf ihn zu. Wir sehen zwei junge Männer nebeneinander auf dem Weg gehen, auf ihren Schultern sitzen ihre Söhne und halten sich an den Händen. Davor parken Autos.

Der Hof des Schreins ähnelt dem Innenhof eines Tempels in Japan. Eingerahmt, leicht, ein bisschen verwittert, Menschen stehen herum, aufgeräumt, leise. Wir lassen uns schwarze Umhänge geben, hüllen uns bis auf die Augen in sie ein. Werden im Gedränge der Frauen gleich fortgetragen, dem Silberschrein im Inneren zu. Grün und weiß leuchtend, zweifach eingefasst, verglast, von silbernen Gittern umgeben. Raum im Raum im Raum, vervielfachtes, endloses Inneres, spiegelnde Wände, Decken, Licht. Hin und Her von Anziehung, Aufmerksamkeit, Anbetung. Summen erfüllt den Raum, leises Vibrieren, ab und zu aufschwirrende Stimmen, auch aufgebrachte, schrille.

Ich verstehe kein Wort von dem, was Hosna mir zum Schrein erklärt, halte mich an ihrem Arm fest. Auf der gegenüberliegenden Seite des Schreins die Männer, getrennt, weit fort, eine dunkle Wolke. Auch sie beten, klagen, bitten, werfen sich zu Boden. Frauen kommen angestürmt, stoßen uns fast um, werfen sich gegen das Gitter, ihr schwarzes Gewand bauscht sich. Sie fallen auf die Knie, wiegen sich, liegen einander schluchzend in den Armen. Spiel der Tragödien, Schmerz und Klage treiben sich an, erfüllen den Raum, öffnen ihn, Durchlass zu all denen, die schon gelebt haben. Sie sind nicht allein, geraten fort von dem, was sie bewogen hat, sich gegen das Gitter zu werfen, die Stirn daran zu schlagen. Getragen im Gedränge, das weiterzieht.

Wir kehren dem Schrein den Rücken zu, kommen in einen Raum zwischen Säulen, unter runden Kuppeln, in einem Meer von Teppichen. Unter hell leuchtenden Kronleuchtern lagern die Erlösten; erschöpfte Frauen, Kinder, Säuglinge. Zugrunde gegangen und auferstanden, breiten sie sich aus. Was für eine Ruhe in ihren Gesichtern, die Körper unter den Tüchern still, der Qual entkommen, der Schwere. So liegen sie da seit Jahrhunderten. Es ist warm, gelöst, Hosna sagt: Bei ihnen könnte ich ein Leben lang bleiben. Und für einen Moment überlegen wir, es zu tun.

Als wir wieder draußen sind, ist es schon dunkel geworden. Stefan wartet auf uns, hat eine Verabredung, muss vorher noch ins Hotel. In den Geschäften brennen die Glühbirnen, ich sehe einen Laden, der Kamelfleisch verkauft. Die Straßen sind voll, Abendverkehr in alle Richtungen. Wir setzen Stefan vor dem Mashad-Hotel ab, alte Hippiestation. Nicht weit von der ehemaligen Amerikanischen Botschaft entfernt. An deren Mauer das martialische Graffiti einer Freiheitsstatue mit Totenkopf und Stacheldraht. Immer wieder macht mich Hosna auf Gebäude aufmerksam, die wir auch noch besuchen sollten. Als wir wieder an der Kreuzung stehen, wo wir am Morgen aufgebrochen sind, bleiben wir noch eine Weile im Auto sitzen. Wollen uns noch nicht trennen. Ich frage sie, was von ihr ich in meinem Buch schreiben soll. Sie schaut mich an, skeptisch, überlegt. Schreib vom Wasser, sagt sie, das alles verbindet. Die tief in der Erde geführten Kanate, die durchs ganze Land führen, es bewässern, älteste Stadtkultur. Die Gärten von Pasargade, von Persepolis. Schreib auch von den Engeln, den Boten, von Gott. Du kannst sie auch Baum, Hecke, Wasserbecken nennen, kein Garten ohne sie. Gekreuzte Linien der Wassergräben, Bewegung der Spiegel, Spiel der Täuschungen. Jeder Garten ist verloren. Er kommt von Eden und in jedem Garten finden wir den von Eden wieder. Nicht, um für immer in ihn zurückzukehren, sondern um ihn erneut zu verlieren. Denn wir finden nur das wieder, was wir nie hatten, und wir haben es nur, insofern wir es erneut verlieren.

Ja, sage ich, es nützt nichts, wir müssen auf Reisen gehen, wir müssen fort.

Wir steigen aus, warten. Das Taxi, das mich das letzte Stück des Wegs zurück bringen wird, ist noch nicht da. Sie holt aus dem Kofferraum das Heft einer Schweizer Architekturzeitschrift, in dem sie über Persische Gärten geschrieben hat. Zum Abschied, sagt sie, drückt mir noch ein Päckchen mit bronzenem Apfel in die Hand. Dann fahre ich davon, wir winken uns nach.

Der Laden an der Ecke hat noch offen. Ich gehe hinein, um mich zu verabschieden. Möchte mich für Sorge und Rat bedanken. Der Alte ist da, ein Gehilfe und Neffe. Auf der Theke liegen die Spielzeugautos des Enkels neben einer neuen Lieferung Ölflaschen. Die Tochter ist schon gegangen. Auch der Obstverkäufer hat Schluss gemacht für heute. Die neue Frischetheke steht seit Tagen unangeschlossen quer im Gang. Ich sage, ich komme bald wieder, dann werde ich all die vielen verschiedenen Oliven von der Theke kaufen. Sie sollen sie bald zum Laufen bringen. Vor der Haustür weit und breit keine Katze, in der Wohnung der halb gepackte Koffer, Stapel von Heften, Kleidern, all die Bücher, die ich nicht lesen werde. Hosnas bronzener Apfel lässt sich in der Mitte aufschrauben, ist innen hohl für die Botschaften der Kinder auf ihrer Reise zum Mond, von der sie nie mehr zurückkehren werden. So schlafe ich ein.

32

Wolken warten und der Mond ist rot

Der Waffenhändler schickt seinen Chauffeur, mich abzuholen. Der Aufzug singt die Stockwerke rückwärts, vor der Tür sitzt die Katze und sagt: Nimm mich mit. Nichts leichter als das, sage ich und stecke sie ein.

Dann fahren wir zum Busbahnhof, halb schon abgereistes Terrain, mitten in Teheran nicht mehr in Teheran. Zwischen den Terminals breite Straßen, Rastplätze, Bänke, Blumenbeete, Rutschbahnen für Kinder, im Wind wehende bunte Wimpel der verschiedenen Busunternehmen. Der Chauffeur sucht für mich das richtige Terminal. Hat nicht eher Ruhe, bis er auch den Assistenten des Fahrers meines Busses nach Isfahan ausfindig gemacht hat. Übergibt mich seiner Obhut, dass er mich nicht vergisst und der Bus womöglich ohne mich losfährt. Ich händige ihm die Schlüssel der

Wohnung aus, wir verabschieden uns, und aus dem Auto winkt er mir den Abschiedsgruß der Steppen und Wüsten zu, durch die wir irren, während unsere Leben anderswo ablaufen.

Noch Zeit für einen Kaffee, setze mich auf eine der vielen Bänke. In den Beeten blühen Narzissen, Tulpen, Hyazinthen. Mir gegenüber, vor dem Panorama der Berge, erhebt sich ein felsig kahles Gebiet, von Mauern und hohem Stacheldrahtzaun geschützt. Ein Hochsitz ragt darüber auf, leerer Wachtposten der Gespenster, Platz für den Grenzschutz; unter diesem Himmel kommt keiner davon. Busse werden ausgerufen, Zeiten, laute, schrille Stimmen, schnell, heiser, sich überschlagend. Isfahan, Isfahan, Kashan, Yazd, Kerman schwirren durch die Luft, rasen im Kreis, da und nicht da, überall und nirgends. Vor jeder Reise werden ihre Destinationen herbeigerufen, beschworen, sind schon fast da. Es ist Zeit, ich gebe meinen Koffer ab, steige ein. Wie ich es schon kenne, darf ich als Frau nicht vorn im Bus sitzen. Finde meinen Sitz in der Mitte, eine Bank für mich allein, auf der mich die Tüte mit Reiseproviant erwartet, auf die ich mich schon gefreut habe. Gehört zu jeder längeren Busfahrt, bekommen alle. Voll mit verschiedenen bunten Packungen von Plätzchen, Nüssen, süßen Getränken, die mich jedes Mal euphorisch stimmen. Tag des Ausflugs und Kindergeburtstag in einem. Meine Banknachbarn, zwei große, schwere Männer, haben schon fast alles aufgegessen. Lächeln, auch wenn das gegenüber einer fremden Frau verboten ist.

Nach mehr als einer Stunde Fahrt kommen wir endlich aus der Stadt raus, das Land öffnet sich, der Horizont rückt ab, in der Ferne dunkle Schattenrisse von Bergen. Spiegelnde Salzseen haben sich vom vielen Regen gebildet. In einem vorbeifahrenden Auto sehe ich ein Kind auf den Knien des Beifahrers sitzen, in der Hand einen Strauß Mohnblumen. Die Steppe blüht.

Langsam begreife ich, dem Ende meiner Reise entgegenzufahren. Womit ich nicht gerechnet habe. Rückkehr nach Isfahan, Nabel der antiken Welt, wo ich gleich am ersten Tag hinter dem Platz der Plätze ins Naturhistorische Museum geraten bin. Empfangen von Pflanzen, Tieren, Staub und Luft. Eingerahmt, in Käfige aus Glas gesperrt, kleine und große, auf Felsen aus Pappe drapiert, in Posen, Panzern, mit angemaltem Blut am Maul. Wartend auf Erinnerungen, in denen sie aufblühen würden. Museum des tiefsten Vergessens, Ausstellung stummer Zerrissenheit von Tieren und Pflanzen, Land und Zeit, Gemeinschaft der Wesen, harrend dem Erwachen, das kommen wird, wenn die Erde bebt und sie ihre Geschichte erzählen wird. Keine zwei Jahre her. Zweimal wiedergekommen, Fotos gemacht, Skizzen. Jedes Mal wieder wollte ich bleiben, mein Leben in dieser Gesellschaft verbringen. Jedes Tier, jede Pflanze aufführen, Listen erstellen, Sätze erfinden. Für jedes Wesen ein Buch schreiben, seine Geschichte, seine Träume, was es sagt und was zu sagen es nicht übers Herz bringt.

Der Himmel ist bedeckt, die meisten Mitreisenden schlafen. Wir biegen von der Autobahn ab, durch eine kleine Unterführung, hinter uns die auberginefarbenen Bergketten des Zargos-Gebirge. In ihrem Licht voller Weite und Höhe, so unwirklich wie alt. Nur ich war nicht da.

In der Raststätte ein Kiosk voller Spielzeug, made in China, Bären, Affen, Leoparden in grellen Farben. Kleine Plastikgitarren, jede Menge Maschinengewehre, Reihen von Barbiepuppen, dazwischen Zigaretten, Messer und Süßigkeiten. Draußen, unter dem großen Himmel, neben dem Parkplatz ein riesiger Rohbau. Leere Fenster und Türen, weit und breit kein Ort, kein Nichts, zurückgelassen in der Steppe aus Stein, Sand, Wind. Bevor wir weiterfahren, kommen mich meine Mitfahrer holen. Im Bus schlafe ich ein, wache kurz vor Isfahan auf. Dann Hektik, alles sehr schnell. Ich werde von Fahrern umlagert, einer der Mitreisenden kommt mir zur Hilfe, wimmelt sie ab, bringt mich zu einem Taxi, verhandelt Preis und Adresse. Das Hotel, in dem ich auf meinen ersten beiden Aufenthalten in der Stadt gewohnt habe, ist ausgebucht. Ich muss in ein anderes, bin jetzt als Touristin unterwegs. Der Taxifahrer ist schon mal losgefahren, ungefähre Richtung. Er will wissen, was ich hier mache. Ich sage, weiß ich auch nicht. Dann will er die Nummer des Hotels haben, ruft an, sie erklären ihm den Weg. Sehr verwinkelt, eng, nur wenige Gassen hinter dem großen Platz. Kenne mich aus. Bekomme das Safawiden-Zimmer mit hohen Spitzbogenfenstern auf den Innenhof. Viele Blumen, Wasser, hölzerne Bänke, kleine Tische mit Tee und Gebäck zum Empfang. Es dämmert schon, für die Jahreszeit ungewöhnlich kalt. Die Gassen nehmen mich auf, als wäre ich nie weg gewesen. Der große Platz in seinen Lichtern, alle angezündet, spiegeln sich, schwimmen, treiben in den schmalen Wasserläufen als fliegender Teppich dahin. Ich denke an Hosna, was sie mir beim Abschied gestern von Persiens Gärten gesagt hat. Von Anfang an die des verlorenen Paradieses. Die klare Ordnung gekreuzter Linien, in deren Mitte das Wasserbecken matt schimmert, den Himmel in sich trägt, zur Erde geholt, vervielfacht. Von schmalen Wegen umgeben, wenige Blumen, Hecken, Büsche. Fertig ist der Garten der Gärten, der vor jeder Ordnung das Maß aller Ordnung in sich birgt, offen für alles, was wird und vorübergeht. Gebiet, in dem sich die Zeit in einem ihr ganz eigenen Gedächtnis bereithält.

Die Geschäfte noch offen. Ein Teppichhändler kommt aus seinem Laden auf mich zu, hält mich fest. Was ich sei, will er wissen. Arzt, Anwalt? Ich solle in seinen Laden kommen, solle ihm helfen, ihn mitnehmen, er sterbe hier. Ich sage, ich schreibe, auch von ihm, wenn er will. Ja, machen Sie mich berühmt, sagt er, schreiben Sie mein Leben. Von meinem Ökonomiestudium, ohne Aussicht auf eine Arbeit. Von der Mafia, die mir alle Kunden wegnimmt. Mich zum Aufgeben zwingt, meine Familie, das ganze Geld für diesen Laden. Alles umsonst, keine Kinder, sie wollen, dass ich keine Kinder habe. Dass ich betrüge, mir untreu werde, schuldig. Schreiben Sie mir Ihre Adresse, eine Empfehlung, dass ich rauskomme. Retten Sie mich, sagt er. Ich muss an den Journalisten Bezhad aus Kiarostamis Film *The Wind will carry us* denken. Wie dieser beim Rasieren im Spiegel sich rasieren sieht. Verloren in einem kurdischen Dorf, in dem er auf den Tod einer alten Frau wartet, um die Trauerzeremonie dokumentieren zu können. Dazu die Zeilen von Farrochsāds Gedicht vom Wind, der uns trägt und verweht: *Der Mond ist rot und aufgeregt / Und über diesem Dach, das jeden Augenblick über ihm einzustürzen droht / Warten die Wolken wie eine Menge Trauernder.*

Das Restaurant neben der Moschee, in dem ich bei meinem letzten Aufenthalt in einem Innenhof mit offenem Dach saß, darüber der Himmel, die Sterne, die glänzende Kuppel der Moschee, wirkt verrammelt, wenige Gäste, im Brunnen kaum Wasser, riecht nach Chlor, wenige Fische, nichts für die Katze. Sie ist bei mir, versteckt in meiner Tasche, frisst Huhn.

33

Reise um das Haus der Memorizer

Am Morgen im Safawiden-Zimmer, noch im Halbschlaf. Vom Hof Schritte, Stimmen, die Katze auf dem Bett, leises Schnurren. Beim Frühstück die beiden Kölner, große Männer, durchdringende Stimmen, singendes Sprechen, meine erste Sprache, rheinischer Singsang. Sie sind alte Freunde, der eine überall in der Welt gewesen, will aber nicht sagen, als was. Wohnt in Köln am Reichensbergerplatz, meine vertraute Gegend vom Sommer 82; Theater, Natascha und Paul. Unterhält einen kleinen Salon, lädt mich gleich ein, wenn ich mal wieder in Köln bin. Der andere ein ehemaliger Zahnarzt, verwitwet, schreibt ein bisschen. Zarter, ruhiger, warnt mich vor den frischen Kräutern, die ich seit Wochen zum Schafskäse esse. Wundert sich, dass ich noch nicht krank bin. Kölner kommen aus dem Mittelalter, ihrer großen Zeit, viele von ihnen sehen noch so aus – breite, fröhliche Gesichter, begabte Narren. Das kann heiter werden, denke ich, verabschiede mich von ihnen, mache mich mit der Katze im Sack auf den Weg. Einmal quer über den großen Platz, als wäre er nicht der Platz der Plätze, gleich dahinter das Museum.

Als wir vor dem windschiefen Tickethäuschen stehen, finden wir es verrammelt. Das Eingangstor mit Ketten verhängt. Wir geben nicht auf, suchen den Zugang über den angrenzenden Hof des Vierzig-Säulen-Palasts. Der Absperrzaun liegt runtergetreten am Boden. Stehen nun vor dem Palast des Sultans, von alten Sauriern aus Gips und Pappmaché umgeben. Ein kleiner roter fliegt mit weit aufgespannten Flügeln, lächelt selig in sich hinein. Seine großen Brüder und Schwestern sind zu schwer, um fliegen zu können. Ihre riesigen Leiber mit den kleinen Echsenköpfen haben Blumen im Maul und den irren Blick der Ausgestorbenen.

Sie sind die Clowns des Museums, verzückte Vorfahren. Tun so, als wären sie alt und töricht. Wachen über die schwachen Kräfte, die eines Tages die Übermacht, die nicht aufgehört hat, sie zu bekämpfen, überwinden werden.

Eine Mädchenklasse ist uns gefolgt, schwirrt

herum, lässt sich fotografieren, alle in Schwarz. Schulausflug der Tragödinnen zu den verschlossenen Toren der Grabkammer, in der sich alles befindet, was ich in mein Buch schreiben will. Museum, Brutstätte, Geburtshöhle, Initiation, Raum ohne Grenzen. Vielheit der Wesen, die in ihm versammelt sind, unfassbar. Wunder, Wahn, in keinem Reiseführer aufgeführt. Gleich beim ersten Anblick das Gefühl gehabt, das will ich schreiben, dem will ich mein Wort geben. Ungewiss was und wie, nur dass ich es tun will. Und jetzt stehen wir vor verschlossenen Türen.

Wir setzen uns auf die Treppen zum Eingang, die Sonne scheint, ein neuer Tag, über uns die gewölbte Decke der Eingangsterrasse, Ecken und Erker mit schmalen schwarzen Linien konturiert. Gebogenes Netz der Imagination. Die Katze streckt sich, leckt ihre Pfoten. Erstens, sagt sie, eine Katze spricht nicht. Worüber wir aber hinwegsehen wollen.

Zweitens, keine Reise ist die erste. Die letzte ist auch keine.

Drittens, alle Reisen folgen der ersten.

Viertens, keine Katze ist eine Katze.

Fünftens, ich nehme dich mit, schließ die Augen, folge mir. Und hör auf die Worte der Wesen, die von der alten Verwandtschaft mit den Dingen zeugen. Sie leuchten dir den Weg zu Staub und Vergehen.

This is Major Tom, sage ich, *stepping through the doors*. Große, staubige Vögel, Augen aus Glas, undurchschaubar, weit aufgespannte Flügel, grau mit dunklen Streifen, ausgebleicht, schweben hoch oben unter der Decke in einem Saal voller toter Tiere in Schaukästen, mit Holzwolle und Draht ausgestopfte Köpfe großer Rehe und Gämsen aus dem Hochland an der Wand – *O du Falada, da du hangest*. Durch die Fenster dringt rot und grün gefärbtes Licht. Säle des Vorbeiseins, Archen der Vergänglichkeit, Reservoire der Formen, Körper und Schriften aus Federn, haarigen Beinen von Spinnen, durchsichtigen Flügeln der Libellen, Schmetterlingen. Samtiges Pulver rieselt aus den Flügeln, sammelt sich am Boden der verglasten Rahmen. Schillernde Haufen von blauem und grünem Flügelstaub. Zähne, Stacheln, Rachen von Panthern, Bären, Bergleoparden, Mardern, Eulen mit runden Augen, Embryonen von zweiköpfigen Kälbern in trüber Flüssigkeit schwimmend, der Pelikan entfaltet seinen Beutel. Unbändiger Wunsch nach Gedächtnis. Gefärbte Spuren,

Masken, Trugbilder, in denen sich der Tod austräumt.

Palast der Krallen, Pfoten, Füße, der Hufe und Flossen. Der Braunbär frisst einen Fisch, eine Zwergeule eine Maus, über ihnen der kahlköpfige Geier, Krallen wie Klingen, vom Leoparden ein Stück Fell im künstlichen Strauch. Aufgehobener, angehaltener Flügelschlag, Theater aufgerissener Augen, Mäuler, vorgezeigter Zähne. Jahrmarkt der Schädel, Wahn der Erfüllung, ihre Stimmen aus den Steppen und Wüsten.

Naturkundehaus der Schatten, ihrer Tiefe, Dichte und Unschärfe. Sie kommen von hinter den Erscheinungen, sind zwischen Vergehen und Beständigkeit zuhause, schweifen als Wolken über den Himmel der Säle. Rühren an die Wesen im Schlaf. Ihre verknöcherten Verkörperungen, mit dem blassen Fell, der fahlen Haut darüber, viel zu dick aufgetragener Puder, Staub, Schminke der ausgestopften Wesen.

Tier um Tier, Pflanze um Pflanze gehen wir durch, ihre Anwesenheit verschlägt mir die Sprache. Lese die Schriftzeichen der Federn und Krallen, sie werden die Möglichkeit des Seins gewesen sein. Ihr Träumen von Elefanten, Karawanenzügen über die Berge, von der Umwandlung ihres

Daseins in einen Zustand der Vorrangigkeit. Als könnten sie mit sich selbst schwanger gehen. Schwankende Wege zurück, Schwangerschaft der schweigenden Zeit im Abseits zwischen Tieren, Pflanzen, Samen in braunen Umschlägen, alphabetisch geordnet, die dem Traum der Ordnung folgen, bis er eines Tages auffliegen wird, die Sehnsucht der Kraniche im Herzen. Leicht wie Stroh.

Hier herrscht eine andere Nacht, durch die ein Mondschiff gleitet. Zusätzliches Licht der Wesen. Zitternde Ordnung ihrer Ähnlichkeiten, zu der die Fabeltiere ebenso gehören wie die gezähmten Tiere, die herrenlosen, die einbalsamierten, die sich wie toll gebärden, und die, die mit einem feinen Pinsel aus Kamelhaar gemalt sind. Und es wird sie gegeben haben als die, die dem geordneten Zauber, dem Wahnsinn ihres ausgestellten Daseins widerstanden haben.

Verschleppt, einbalsamiert, eingesperrt bleiben sie herrenlos zurück. In ihnen ruhen die Zeit und die Liebe. Sie sind das Licht des Zaubers der Vielheit. Sie sind alles, was war, und alles, was noch nicht gekommen ist; quer zu den Unterscheidungen, alles unterscheidend.

Hier lagert nicht nur die poste restante, auch

die poste résistante wird hier aufgehoben, die mir Renate vor bald fünfzig Jahren nach New-Delhi, Main Post Office, geschickt hat. Auf bald, schrieb sie, spätestens bis zur nächsten Revolution.

Als ich die Augen aufmache, ist die Katze verschwunden. Eben noch habe ich sie neben mir gespürt, ihren warmen, atmenden Tierkörper. Überleg dir gut, was du mit dem Vergessenen machst, hat sie gesagt, dann war sie weg. Hat mich auf den Stufen zurückgelassen, das Licht schon nicht mehr hell, später Nachmittag, bald Abend.

Die Saurier auf dem Hof in ihrem Zirkus, ich grüße sie, die vierzig Säulen der Erinnerung treiben im Wasserbecken. Hinter dem Schuster-Basar ein Innenhof voller Cafés, Springbrunnen, Blumen und Teppichgeschäften. Von den großen Hippie-Karawanen zurückgelassene Kulissen und Kostüme. Ich setze mich mitten hinein, bestelle Kaffee, Kuchen. Die Kellnerin jung, lange Kleider, Ohrgehänge, die Haare unter dem Tuch wie eine von früher. Was von den Aufständen bleibt, sind solche Hippie-Gärten mit einer einzigen Toilette, die so stinkt wie die auf dem Bahnhof in Kuala Lumpur. In Innenhöfen hängengebliebener Feengeist, geduldig wie Geier. *Hello, can you hear me?* Schlager in Endlosschleife. Die Kellnerin ruft mir im Vorbeigehen zu: I love this song. Jedes Ende ist ein Anfang, denke ich, die Zeiten kreisen um mich herum, selbst einmal Fisch, Bär, Krokodil gewesen.

34

Heft des Freunds

Dunkel, später Abend, die meisten Geschäfte unter den Bogengängen schon geschlossen. Nur die Gewürzhändler machen weiter. Verkaufen eingelegte Früchte und Oliven, in Säckchen verpackt, Proviant fürs Flanieren.

In einer kleinen Gasse beim Ausgang des großen Platzes ein spärlich beleuchtetes Café. Ein Kind sitzt unter einer Lampe über das Heft seiner Hausaufgaben gebeugt. Sein Rücken, der Kopf, die Hand, wie sie sich über die weiße Seite bewegt. Drum herum dunkel, im Hintergrund an der Theke sein Vater, ins leuchtende Fenster seines Handys versunken. Gäste kommen heute keine mehr. Ich kenne das Café, die abendliche Szene der Hausaufgaben, des Schreibens, das Kind. Während meines ersten Aufenthalts in der Stadt daran vorbeigelaufen und nicht mehr aufgehört zu denken, das bin doch ich.

Seitdem erwartet mich das Kind. Hat mich Satz für Satz begleitet, mit mir Kapitel für Kapitel erträumt und wiedergefunden. Ich trete ein, setze mich zu ihm an den Tisch, bestelle einen Kaffee. Es gibt mir sein Heft. Vierunddreißigstes Kapitel, Isfahan, ein Kind sitzt im Café seiner Eltern. Träumt den Orient der Kindheit aus, folgt den Reisen des Tags um die Erde, auf der Suche nach den Anfängen, dem Alter der Welt. Denkt an andere Kinder, die früh im Leben, auf dem Hof ihrer Großmutter zur See fuhren. In ihren Herzen stürmten die Steppen, die Wüsten, das Meer. Als sie in die Schule kamen, sagten die Lehrer, sie hätten eine Rechtschreibschwäche. Und wussten nicht, dass das, was sie Schwäche nannten, die Kinder davor rettete, in der Sprachlosigkeit unterzugehen.

Sie brauchten andere Worte, konnten nicht schreiben, was nicht so war, nur so tat. Das wäre nicht recht gewesen. Wegen ihrer Rechtschreibschwäche mussten sie täglich in der Küche ihrer Großmutter Diktat üben. Dabei lernten sie, das Steinige der Sprache über sich ergehen zu lassen, die Unerbittlichkeit von Wörtern, wenn sie sich nicht mehr bewegen können und nur noch das Richtige sagen müssen.

Nach dem Üben, wenn alles so geschrieben war, wie es den Regeln entsprach, nahmen sie ihr Heft erneut zur Hand und schrieben alles ein bisschen anders. Das hatten sie den Wörtern, als sie sie aufs Papier setzten, versprochen. Gleich könnt ihr davonlaufen, flüsterten sie ihnen zu. Aus dem Fenster springen, Äpfel essen, zum Fluss rennen. All das werden, was ihr aus dem großen Meer der Wörter und der Zeiten mit euch bringt. Aber erst müsst ihr euch ordentlich hinsetzen und keinen Mucks machen. Sie folgten ihnen aufs Wort. Und schon fuhren sie wieder hinaus aufs offene Meer der Sprache. Über das sie schon damals bis nach Persien gekommen sind, wo den Menschen das Meer heilig ist.

Nichts ist erfunden, nur du, sagt das Kind. Den Rest musst du selbst schreiben. Und ich mache mich auf die Reise, folge der Spur, die mich im Lauf der Zeit eingenommen hat. Nichts von dem, was ich suchte, habe ich gefunden. Bin nur zurückgekehrt zu den Wegen zwischen den Häusern, Welten, Zeiten, jeden Tag habe ich sie gewechselt, hin und zurück auf dem Fahrrad mit der Mutter, und lebe noch heute.

Als ich gehe, ist das Kind, den Kopf auf die Arme gelegt, eingeschlafen. Dann sehe ich den

Mond, ganz bleich im Frühling, freihändig am Himmel, rund und voll. Unter ihm der Platz der Plätze, seine Wasserbecken, Rasenflächen, Blumenbeete, Tulpen, Narzissen, Hyazinthen. Die kleinen Kutschen, bimmelnde Pferde, Kinder auf Fahrrädern fahren durch die rechteckigen Wasserbecken, in denen die Sterne baden, weiter durch die Nacht, wollen nie mehr schlafen. Umbauter Platz, Wölbungen, Tore, befestigte Leere, wuchernder Raum. Unter den Bogengängen die Geschäfte dunkel, dahinter sich endlos wiederholende Innenhöfe mit Wasserbecken, Pflanzen, Gehegen, Lagern, Ställen für Kamele und Motorräder. An den Minaretten hängen die Segel des Himmels, wölben sich im Nachtwind.

Über den Säulen und Bögen erheben sich weitere Bögen. Wabenartige niedrige Nischen, spitz zulaufend, die meisten mit Holzläden verschlossen. Einige stehen offen, da schaut im vollen Rund der Mond hindurch. Hängt als eingerahmtes Bild vom Bild vom großen Mond über dem Platz; aufgegangene Ferne.

Zur Autorin

Friederike Kretzen, 1956 in Leverkusen geboren, studierte Soziologie und Ethnologie und arbeitete als Dramaturgin am Residenz-Theater München. Seit 1983 lebt sie als freie Autorin in Basel. Daneben ist sie als Literaturkritikerin, Essayistin und Dozentin an der ETH und dem Literaturinstitut Biel tätig. Für ihre Romane wurde sie vielfach ausgezeichnet, u. a. mit dem Deutschen Kritikerpreis für Literatur 1999 (für *Ich bin ein Hügel*), dem Arno-Schmidt-Stipendium 2001 und mit dem Schweizer Literaturpreis 2018. Zuletzt erschien ihr Roman *Schule der Indienfahrer* (2017).

Zum Buch

Als Kind fuhr die Ich-Erzählerin im Küchenschrank ihrer Großmutter zur See. Heute reist sie im Flugzeug in den Iran. Die Liebe zur Ferne ist geblieben – und die Sehnsucht danach, den Raum zwischen dem Eigenen und dem Fremden zu überwinden.

Während sie durch Teheran streift, führt sie immer auch ihre Vergangenheit mit, die sich mit der Gegenwart überlappt. Und immer ist sie – geprägt von Lévi-Strauss' *Traurigen Tropen* – auf der Suche nach einer Katze, mit der sie ein Gespräch führen kann …

Soghaft, präzise und bildreich, mit feinem Gespür für surreale Momente, erzählt Friederike Kretzen von einer Reise nach Persien und überwindet dabei die Grenzen der Entfernung und des Unsagbaren.

Dieses Buch wurde klimaneutral gedruckt.

Der Dörlemann Verlag wird vom Bundesamt für Kultur für die Jahre 2021–2024 unterstützt.